Clifford Chatterley

Anjas Cuckold

oder

Die sieben Kreise der Unterwerfung

AF221196

Clifford Chatterley

Anjas

Cuckold

oder

Die sieben Kreise der Unterwerfung

Die Handlungen und Charaktere dieses Buches sind ebenso wie der Autor frei erfunden. Jede Ähnlichkeit mit realen Personen ist unbeabsichtigt. Alle dargestellten Personen sind über 21 Jahre alt.

Bibliographische Information der deutschen Nationalbibliothek:

Die deutsche Nationalbibliothek verzeichnet diese Publikation in der Deutschen Nationalbibliografie; detaillierte bibliografische Daten sind im Internet über http://dnb.dnbde abrufbar.

© 2020 Clifford Chatterley

Herstellung und Verlag:

BoD – Books on Demand, Norderstedt

ISBN: 9783751957113

Inhalt

Über dieses Buch

Es könnte alles so idyllisch sein. Paul, ein Banker, ist mit Anja, einer gefeierten Konzertpianistin verheiratet. Doch hinter der schönen Fassade gärt es: einiges ahnt man, einiges ist unausgesprochen, mit einigem hat man sich stillschweigend arrangiert.

Die Geschichte beginnt damit, dass Paul unbeabsichtigt Zeuge wird, wie seine Frau Anja in gemeinsamen Haus mit einem Fremden schläft und sich von seiner Anwesenheit nicht dabei stören lässt. Sicher, sie führen stillschweigend eine offene Beziehung, aber das Bild seiner Frau mit dem Fremden, ihre schamlose Offenheit geht ihm nicht mehr aus dem Kopf. Das Ehepaar beginnt ein riskantes Spiel, bald werden sie beide immer tiefer in einen Strudel hineingezogen.

Für Paul sind es die sieben Kreise der Unterwerfung, die er durchlaufen muss. Doch auch für Anja ist es nicht so einfach, wie es scheint. Und da ist auch noch die geheimnisvolle Maja und der Klavierlehrer Kai, der in ihrem Leben eine dominante Rolle spielt …

Der erste Kreis: Entdeckung

Mit einem leichten Klicken fiel die schwere Türe des Hotel-zimmers hinter Paul wieder ins Schloss. Nichts an ihm deutete mehr darauf hin, dass er noch vor einer Viertelstunde in den Armen des Mädchens gelegen war, heftig keuchend. Er war frisch geduscht, trug wieder seinen tadellos sitzenden grauen Anzug, das hellblaue Hemd, die dunkelblau gestreifte Krawatte. Sein Verstand war schon wieder weit weg von jenem flüchtigen Augenblick ekstatischer Seligkeit, dessentwegen er hierher gekommen war: ein nichtssagendes Hotel am Rand der Stadt, am Kreuzungspunkt einer Abfahrt der Stadtautobahn und der U-Bahn gelegen, ein idealer Ort für unbemerkte Treffen.

Im Lift konzentrierte er sich darauf, noch einmal sein Spiegelbild zu kontrollieren. Nichts Auffälliges, nichts, was Verdacht erregen könnte. Er stieg im ersten Untergeschoß aus. „Kassenautomat bei der Rezeption", stand dort zu lesen. Also noch einmal die Stiegen hinauf, die Parkgebühr mit ein paar Münzen bezahlt, und zurück zur Garage. Sein unauffälliger schwarzer Wagen stand noch genauso da, wie er ihn vor etwas über einer Stunde verlassen hatte. Er stieg ein, startete und steuerte aus dem Parkhaus. Das Parkticket warf er in den Papierkorb, der unter dem Schranken angebracht war. Keine Spuren hinterlassen, das war ihm zur zweiten Natur geworden.

Quälend langsam verrannen die Sekunden an den roten Ampeln. Er ließ fahrig die Sender des Autoradios durchlaufen. Nichts, was zu seiner Stimmung passte. Ungeduldig drückte er den Ausschalter, als die Ampel auf grün sprang. Die Auffahrt hinauf, in den Abendverkehr einreihen. Als er sich auf der zweiten Spur eingefädelt hatte, den Tempomat und die Distanzkontrolle aktiviert hatte, atmete er noch einmal tief durch. Die Anspannung ließ nach, doch sie machte nicht Platz für wohlige Entspannung, sondern für das Gefühl der Leere, das ihm mittlerweile schon so vertraut war. Er dachte kurz an das

Mädchen zurück, es war nicht das erste Mal gewesen, dass er sie getroffen hatte, sie war hübsch und intelligent und, was wichtiger war, sie verstand sich darauf, was sie tat. Vordergründig bekam er genau, was er erwartete: Eine Stunde, abgestimmt auf seine Bedürfnisse, die Illusion inklusive, damit auch sie, das Mädchen, zu befriedigen. Immerhin verstand sie sich so gut darauf, dass es ihm gelang, der Illusion wenigstens während der Stunde zu erliegen und sich ganz fallenzulassen, seine andauernde Angst vor Erektionsschwäche und Impotenz zu überwinden.

Paul wechselte routiniert die Spur. Von hier würde es noch zwanzig Minuten dauern, bis er die Kleinstadt im Speckgürtel der großen Stadt erreicht haben würde, wo er mit seiner Frau Anja ein schmuckes Einfamilienhaus bewohnte. Er beschleunigte den Wagen nicht, als die Verkehrskontrollanlage an der Stadtgrenze das Ende der Geschwindigkeitsbegrenzung anzeigte. Er hatte es nicht eilig. Er sinnierte, wie er Anja kennengelernt hatte, vor über zehn Jahren jetzt schon, eine blutjunge aufstrebende Konzertpianistin. Sie spielte bei einem Klavierwettbewerb, bei dem sein Arbeitgeber, eine Bank, das Preisgeld stiftete. Er war als Direktor der Marketingabteilung dazu ausersehen, am Tag des Wettbewerbs den Hauptpreis zu verleihen, an wen immer eine hochkarätige Jury ihn vergeben würde. Aus purer Neugier war er zu einer der Proben gegangen und bei ihrem Spiel selbstvergessen im leeren Saal sitzengeblieben. Danach hatte sie ihn angesprochen, in ein Gespräch über Klaviermusik zu verwickeln versucht, was an seinem Nichtwissen kläglich gescheitert war; seinen routinemäßigen Avancen gegenüber zeigte sie sich allerdings aufgeschlossen und erwies sich als leicht zu haben.

Dass sie den Wettbewerb dann gewann, hatte tatsächlich nichts mit ihm zu tun. Ob sie das wusste oder nicht, hatte er nie feststellen können. Jedenfalls war sie für ihn, den 15 Jahre älteren, weiterhin leicht zu haben. Er unterbrach seine Gedanken, um auf den großen Parkplatz neben der Autobahn abzubiegen, hielt in der Nähe der Sanitäranlagen. Kurz austreten, auf dem Rückweg nahm er noch einen Becher viel zu heißen, scheußlichen Automatenkaffee mit. Während der Kaffee auskühlte, suchte er in der Medienbibliothek des Autoradios. Da, Rachmaninow, Klavierkonzert, Anja S.. Er wartete, bis die Klänge des düsteren ersten Satzes den Wagen füllten, stellte etwas lauter, verlor sich in den Klängen der Musik, die sich mit Fetzen der Erinnerung zu vermischen begann. Die Konzerte, auf die er sie begleitet hatte. Die Hochzeit, der Kauf ihres Hauses. Ihre Erkrankung nach einer Konzertreise nach Asien, die Operation, die Gewissheit danach, dass sie keine Kinder mehr bekommen konnte. Die Kameraderie einer Ehe zweier Karrieristen, in der viele Fragen nie gestellt oder beantwortet wurden. Treue war eine davon.

Er erwachte wieder, als es an die Scheibe klopfte. Eine Frau in oranger Warnweste. „Mautaufsicht, ist alles in Ordnung bei Ihnen?" Er ließ die Scheibe hinunter. „Ja, danke, nur eine kleine Rast." Sie nickte, ging um den Wagen, scannte das Kennzeichen. Sie war nicht unhübsch, er schenkte ihr ein Lächeln. „Alles in Ordnung?", fragte jetzt auch er. Die digitale Maut war bezahlt. Sie blickte auf den Bildschirm ihres Mobiltelefons. „Ja, alles in Ordnung, Herr Doktor. Gute Fahrt noch." Er nickte grüßend, schloss das Fenster wieder. Das Autoradio war stumm, der Kaffee stand unberührt im Becher, kalt. Er startete, fuhr langsam an einem der Mistkübel vorbei, warf den Becher weg. Ein paar Tropfen des Kaffees spritzten auf die helle Tapezierung der Autotür. Er unterdrückte den aufkeimenden Ärger über sich selbst. Eine Innenreinigung war sowieso überfällig, er machte sich eine Notiz auf seinem Mobiltelefon.

Er bog in die schmale Gasse ein, in der das schmucke Haus stand. Irgendetwas war anders, das spürte er sofort. War es der Wagen, der gegenüber der Einfahrt geparkt war und ihn dazu zwang, ein paarmal zu reversieren, um seine Limousine unter dem Carport parken zu können? Erst nach einer Weile realisierte er, was es war, oder vielmehr nicht war: Der Klang ihres Klavieres fehlte. Als professionelle Pianistin musste Anja täglich sechs bis acht Stunden üben, sie bevorzugte dazu die

Abend- und Nachtstunden. Die Nachbarn hatten den Kampf dagegen schon lange aufgegeben, sie verweigerte konsequent digitale Instrumente und Kopfhörer, übte ausschließlich auf dem großen Steinway, der ihr Wohnzimmer dominierte. Paul hörte normalerweise das Klavier nicht mehr, wenn er zu Hause war. Doch es fiel im auf, wenn es fehlte. Er machte also im Flur Licht, legte ab und sah sich um. Der Wohnbereich war dunkel.

Der Weg zu seinem Schlaf- und Arbeitszimmer führte an Anjas Schlafzimmer vorbei. Eigentlich war es ihr gemeinsames Schlafzimmer, doch sie bevorzugten mittlerweile beide getrennte Betten, er hatte sich in einem der Zimmer häuslich eingerichtet, die eigentlich als Kinderzimmer geplant waren. Es war Licht, die Tür stand offen, also trat er ein. Doch an der Schwelle erstarrte er: der Anblick, der sich ihm bot, sollte sich tief in seine Seele einbrennen und ihn fortan nicht mehr loslassen:

Sie lag auf dem Rücken auf dem Bett, nackt und schamlos. Die Beine geöffnet, eine Zigarette in der Hand. Nicht nur der Geruch, der im Zimmer hing, war eindeutig, auch die Spuren an ihrem Körper. Sie blickte ihn eine Weile an, fast wie durch ihn hindurch, dachte weder daran, ihre Position zu ändern, noch sich zu bedecken. Er wollte anheben, etwas zu sagen, doch er wusste nicht genau, was, es wurde nur ein heiseres Räuspern. Sie hob die Hand. „Nicht jetzt, Paul. Bleib oder geh, wie du möchtest, aber störe bitte nicht." Er blieb wie angewurzelt stehen, unfähig, sich von dem Anblick abzuwenden. Und er spürte überdeutlich etwas anderes, was er jetzt gar nicht brauchen konnte: den Druck seiner Erektion, die sich wohl schon deutlich sichtbar durch seine Hose abzeichnete.

Sie beachtete ihn nicht weiter. Man hörte das Geräusch der Toilettenspülung, dann die Dusche in dem Badezimmer, das zum Schlafzimmer gehörte. Zäh flossen die Sekunden, die sich für Paul in diesem Augenblick zu Minuten dehnten. Dann öffnete sich die Türe, ein nackter Mann trat heraus ins Schlafzimmer. Er zögerte kurz, dachte aber ebenfalls nicht daran, sich zu bedecken. Er warf einen kurzen Blick in Pauls Richtung. „Ist schon in Ordnung, Jürgen, nur mein Mann." War es möglich, dass das Anja war, die zu dieser kontrollierten Kühle fähig war? Der als Jürgen Angesprochene musterte Paul eine Weile, ein spöttischer Ausdruck lag in seinen Augen. Dann legte er sich wieder zu Anja ins Bett. Sie dämpfte in Ruhe ihre Zigarette aus und wandte sich ihm wieder zu. Die beiden waren offenbar noch nicht fertig.

Paul wusste nicht, wie lange er noch in der Schlafzimmertüre gestanden war, bevor er doch den Blick abwandte und in sein Zimmer wankte. Er fand sich auf seinem Bett sitzend wieder, voll mit Adrenalin und, wie er sich eingestehen musste, hochgradig erregt. Er lockerte also seine Krawatte, öffnete den Kragenknopf, zog seine Hose bis zu den Knien hinunter und legte sich auf dem Bett zurück. Das in seiner Seele eingebrannte Bild überlebensgroß vor Augen, seinen Penis in einer Hand. Jahrzehnte der Routine übernahmen das Kommando.

Er musste danach wohl weggenickt sein, als er das nächste Mal auf die Uhr sah, war es schon nach elf. Als er sich seiner Situation bewusst wurde, streifte er linkisch die Schuhe ab, ließ die Hose ganz zu Boden gleiten und nutzte die Unterhose, sich notdürftig zu reinigen. Er warf seine restliche Kleidung achtlos auf das Bett, er würde sich später darum kümmern. Das Badezimmer, das er benützte, grenzte auf dem Flur an sein Zimmer an, er ging gleich nackt hinüber. Ein paar große Becher Wasser gegen den brandigen Geschmack im Mund, dann stellte er sich unter die warme Dusche. Seine Blase meldete sich, er ließ einfach laufen. Es war, als wollte er die Erfahrungen des Abends einfach abwaschen. Doch als er den Wasserhahn endlich schloss, sich in seinen Bademantel wickelte, wieder in sein Zimmer zurückging, den Bademantel mit all der anderen Kleidung achtlos zu Boden warf und sich nackt auf das Bett legte: Da war es wieder da, das Bild. Überlebensgroß. „Nein", sagte er zu sich selbst, als sich wieder eine Erektion einstellte.

*

Am nächsten Morgen fand er sich um sieben Uhr, zur gewohnten Stunde, zum gemeinsamen Frühstück ein. Er war nach einem traumlosen Schlaf bereits um fünf Uhr erwacht, hatte in der morgendlichen Helle des Frühsommertages einen ausgiebigen Spaziergang gemacht und sich dann in Ruhe für den Tag fertiggemacht. Mit einem „guten Morgen" setzte er sich an den bereits gedeckten Tisch und schenkte sich Kaffee ein.

„Guten Morgen", antwortete Anja, die mit frischem Gebäck vom Gartentor zurückkam, das soeben angeliefert worden war. Sie arrangierte das Gebäck in einem Brotkorb, stellte diesen auf den Tisch und setzte sich. Nach dem ersten Schluck Kaffee sagte sie ansatzlos: „Tut mir leid wegen gestern Abend, Paul." Er verschüttete beinahe seinen Kaffee, als er die Tasse absetzte. Er sah sie eine Weile prüfend an. „Tut dir also leid, ja?", fragte er zurück. Sie lächelte nur. „Ich meine, es tut mir leid, dass du ungewollt Zeuge meines Dates mit Jürgen wurdest. Wenn du Abendtermine nicht wahrnimmst, solltest du sie aus dem gemeinsamen Kalender austragen."

Uff, das saß richtig. Er beobachtete sie, wie sie seelenruhig ein Mohngebäck mit dem Messer teilte und die Hälften mit Butter beschmierte. Anja meinte stets genau das, was sie sagte. Über die Implikationen wollte er gar nicht so genau nachdenken. Es war eine Sache, etwas nicht so genau wissen zu wollen, aber eine ganz andere Sache, es plötzlich ganz genau zu wissen. Und noch einmal eine ganz andere Sache, es als das selbstverständlichste auf der Welt präsentiert zu bekommen. Um Zeit zu gewinnen, schaute er auf sein Mobiltelefon. Richtig, der Termin mit seinem Freund Peter war noch immer eingetragen, den dieser schon vor einiger Zeit abgesagt hatte. Nun gut.

Es hatte wohl keinen Sinn, zu hungern. Er griff nach einer Semmel, teilte sie und belegte beide Hälften mit Schinken und Käse. Ein Ei dazu. Sie aßen beide eine Weile schweigend. „Heißt das, dass ..." er stockte. Sie sah in ruhig an. „Heißt das, dass das kein Einzelfall war?" Ihr Blick wechselte von mitleidig zu amüsiert. „Also Paul, ich dachte, das ist klar zwischen uns. Wir sind zwei eigenständige erwachsene Menschen, und unsere Ehe war nie darauf angelegt, einander ein Gefängnis zu errichten. Du hast mich im Übrigen nie danach gefragt, ich hätte sonst kein Geheimnis daraus gemacht. Außerdem …" Sie brach ab und widmete sich wieder ihrem Mohngebäck. „Außerdem, was?", fragte er schließlich nach. „Außerdem ist derlei Beziehungspflege Teil meiner Arbeit, mein Lieber. Was denkst du, wie es eine Frau sonst ins Scheinwerferlicht der ersten Häuser schafft, wie sie an Plattenverträge kommt?"

Der neuerliche Schlag schmerzte, aber nicht mehr so sehr wie der erste. Der Mensch ist erstaunlich anpassungsfähig, dachte Paul bei sich. Und das Kribbeln, das sich schon wieder in seiner Lendengegend einstellte, ignorierte er vorerst. „Und dieser Jürgen ist – was genau in dem Spiel?", fragte er nach. Anja legte ihr Mohngebäck auf den Teller. „Er ist Programmleiter Klassik eines der beiden europäischen Labels, die noch Klassik herausbringen. CDs, DVDs, Streaming. Er entscheidet, ob ich die neue Beethovenedition und die damit verbundene Präsentationstournee spielen darf oder eins der hundert anderen Mädchen, die das genauso gut könnten." Sie schwieg eine Weile. „Und da geht es nicht nur darum, willig zu sein. Da stehst du in Konkurrenz mit zehn Jahre jüngeren Mädchen, die das ebenso begriffen haben. Da musst du richtig gut sein, vor allem als Frau, nicht nur als Pianistin."

Paul brauchte eine Weile, bis es die Bedeutung ihrer leichthin gesagten Worte in seinen Verstand geschafft hatte. Er kannte die Summen, die da im Raum standen. Er wusste, wie sie aufblühte, wenn sie im Scheinwerferlicht stand. Er wusste, was sie nach einem Auftritt brauchte, und sei es noch im abebbenden Schlussapplaus in der Künstlergarderobe. Es fiel wie Schuppen von seinen Augen: Das war die Anja, die er liebte, eine durch und durch narzisstische Person und vollkommen amoralisch, was ihre Sexualität betraf. Er wollte ihr die Frage stellen, warum sie sich das alles antat, wenn der Preis dafür so hoch war. Doch die Frage war sinnlos: Für sie war das kein Preis, für sie war das einfach ihr Leben. Er versuchte einen Augenblick lang, sie sich in einem Büro vorzustellen, als eine der tausenden

Frauen in administrativen Jobs, die es auch in seiner Bank gab. Und doch liebte sie ihn, hatte ihn zu ihrem Ehegatten erwählt. Wäre er mit einer von diesen glücklicher? – Sein Körper gab ihm gerade eine sehr eindeutige Antwort auf diese Frage.

Ihre Blicke begegneten einander. Ihr Ausdruck wurde erst ein wenig spöttisch, doch dann öffnete sie sich plötzlich, ihr Ausdruck wandelte sich in pure Sinnlichkeit. „Komm schon, mein Gemahl", sagte sie, nahm in an der Hand und führte ihn in ihr Schlafzimmer, wo die Laken noch durchwühlt waren und der Geruch nach Sex und Zigaretten in der Luft hing. Die kontrollierte Wohnraumlüftung des Hauses mit ihren integrierten Partikelfiltern arbeitete normalerweise rasch und effizient. Wann war Jürgen also gegangen? Diese Gedanken rückten weit weg, als er sich zwischen ihren Schenkeln in purer Lust und seinen Phantasien verlor.

Als er zwei Stunden später nach einer gründlichen Dusche in seinem grauen Anzug das Haus verließ, drangen schon wieder die vertrauten Töne des Klaviers an sein Ohr. Beethoven, wenn er sich nicht irrte.

Der zweite Kreis: Verzehren

Paul lag lang ausgestreckt auf dem Doppelbett und starrte müßig auf den Deckenventilator, der sich in dem hohen Raum an einer langen Stange langsam und etwas eiernd drehte. Von draußen her drang das Zwitschern der Vögel aus dem begrünten Innenhof durch das offenstehende französische Fenster. Die Frau, sie mochte um die vierzig sein, stand am Geländer dieses Fensters, noch nackt, und rauchte. Wenn man das Fenster von irgendwoher einsehen konnte, dann schien ihr das gleichgültig.

Er erinnerte sich zurück, wie er Maja kennengelernt hatte, vor Jahren, als er einmal mit einer Eroberung eines Abends hier gelandet war. Das Mädchen hatte es dann doch mit der Angst bekommen und war nach zehn Minuten wieder gegangen. Als er ein paar Minuten später an der winzigen Rezeption vorbeigegangen war, hatte sie ihn angesprochen: „Na, das war wohl nix, der Herr. Kann man vielleicht helfen, wo's jetzt schon den Abend frei haben?" Sie hatten einander eine lange Weile angesehen. „Vielleicht", hatte er dann gesagt und einen größeren Schein auf das Pult gelegt.

Auch wenn sie voneinander lange nur die Vornamen wussten, war sie mit der Zeit so etwas wie eine vertraute Freundin geworden. Sie schien die kleine Pension unweit des Wiener Rathauses zu betreiben und nebenher ein florierendes Geschäft mit gewissen Gefälligkeiten, in das auch die beiden Zimmermädchen und einige ihrer Freundinnen involviert waren. In dem altmodischen Fotobuch, das sie in dem winzigen Büro hinter der Rezeption aufbewahrte, konnte man wählen, den Rest organisierte Maja, gegen eine erhöhte Zimmergebühr, wie sie das nannte. Er lächelte, als er sich an manch ungewöhnliche und amüsante Nacht erinnerte, wie man sie nicht planen konnte.

„Na, woran denkst du, Paul", fragte Maja ihn neckisch und spielte mit ihren rot lackierten Fingernägeln an seinen Nippeln. Doch er wollte reden, wie sie gleich merkte, und so blieb sie auf dem Bett sitzen, rauchte ihm eine an und sich auch noch, und hörte aufmerksam zu. Bald hatte er die Geschichte von Anja und ihrem Liebhaber erzählt, und von dem Bild, das ihn, seitdem Tag und Nacht verfolgte. Sie lächelte, als er geendet hatte. „Jaja, der Hanrei, wie wir zu unserer Zeit sagten." Obwohl sie eine sehr attraktive schlanke Frau war und das auch wusste, kokettierte sie bisweilen gern mit ihrem Alter. „Heute sagt man Cuckold, denn heute muss alles englisch heißen." Cuckold, aha, das hatte er noch nicht gehört, das musste er sich merken. „Das macht übrigens einen großen Teil auch der Faszination aus, den Huren auf ihre Freier ausüben. Die Vorstellung, dass sie es mit jedem tut, und besonders die Vorstellung, dass er gerade der letzte ist, der sie besamt. Archaische Bilder, wir unterscheiden uns nur wenig vom Affen. Besonders die Männchen." „Du bist so herrlich distanzlos, Maja, ich könnte mich glatt einmal in dich verlieben", antwortete Paul. „Ach hör auf, spar dir die großen Gefühle für deine Anja, hierher kommst du …" Sie brach ab, er hörte sie nicht mehr, er war auf dem Weg zur Toilette, über den Flur. Nackt, sie schüttelte den Kopf.

Als Paul zurückkam, hatte Maja sich bereits lang auf das Bett gelegt, genauso, wie Anja nach seinen Schilderungen dagelegen haben musste. Sie sah ihn einfach an, die Zigarette in der Hand. Sie musste nicht lange warten, bis pure Geilheit von ihm Besitz ergriff. Doch als er sich anschickte, über sie zu kommen, deutete sie auf ihre Vagina, an der sich zwischen den aufklaffenden Schamlippen noch silbrige Fäden spannten. Er begriff, was sie wünschte. Seine Lippen näherten sich, der Geruch füllte seine Sinne, nur kurz kämpfte die Abscheu einen aussichtslosen Kampf gegen die übermächtige Lust. Ihre Hände sachte auf seinem Kopf, genoss sie lange Minuten, bevor sie schließlich zuließ, dass er sie wieder bestieg und mit animalischer Gier nahm.

*

Zäh flossen die Tage dahin. Anja war noch zwei Wochen nicht daheim, die Aufnahmen für die Beethoveneinspielung fanden in einem holländischen Tonstudio statt. Nachts quälten ihn Bilder und Phantasien, vor allem das eine, das sich unauslöschlich eingebrannt hatte. Nach einer Weile fühlte er, wie es seine Konzentration beeinträchtigte, ständig an Sex zu denken, dem Druck jeder Erektion nachzugeben. Die Frauen schienen ihm mit der Zeit als zu billiger Ausweg. Er bemerkte bald, dass der Reiz der Sache zu einem großen Teil in der Heimlichkeit bestanden hatte, für die ja nun kein weiterer Anlass mehr bestand. Sicher, Maja war eine andere Sache, aber auch Maja war ein gelegentliches Glanzlicht in seinem Leben, auch ihr wollte er nicht mehr Raum in seinem Leben geben, als sie schon hatte.

Paul war ein Mann der Tat. Er setzte sich also an sein Notebook und begann, einen Aktionsplan aufzustellen. Er musste für sich selber Regeln für seinen Tagesablauf finden. Das leere Dokument starrte ihn eine Weile an. Nun ja, von selber würde die Lösung nicht auf dem Bildschirm erscheinen. „Erst mit den Dingen beginnen, die du schon weißt. Wie beim Brainstorming. Sortieren und Priorisieren kannst du später." Er begann also zu tippen:

1. Nur drei Orgasmen pro Woche.
2. Davon maximal einer mit einer fremden Frau.
3. Während der Arbeit fokussiert bleiben, keine sexuellen Tagträume im Büro.

Noch härtere Formulierungen hatte er gleich wieder gelöscht. Realistisch bleiben, er wollte etwas, was auch Bestand haben konnte. Nun gut. Er machte erschöpft eine Weile Pause, las in der Online-Ausgabe einer Tageszeitung. Er war überrascht, wieviel Kraft ihn das kostete.

Nun kam der schwierigere Teil. Man war 16 Stunden pro Tag wach, davon verbrachte man 9 bis 10 mit Arbeit, An- und Abreise und Besorgungen. Blieben also sechs weitere. Er schrieb weiter:

4. Sport. Täglich mindestens eine Stunde Bewegung. Wandern, Schwimmen, Crosstrainer. Was noch?
5. Regelmäßige Treffen mit Freunden. Mindestens ein Abend

die Woche. Peter? Frank?

6. Lesen. Mindestens ein Buch pro Woche. Leseliste erstellen.

So weit, so gut. Er zögerte eine Weile, bevor er sich überwinden konnte, den nächsten Punkt aufzuschreiben.

7. Keine Pornos. Keine Chats. Keine Flucht in virtuelle Traumwelten.

Sonst noch etwas? Er dachte eine Weile nach. 7. Sollte eigentlich 4. sein, das gehörte noch zu den Beschränkungen. Er editierte den Text. Er betrachtete das Ergebnis eine lange Weile.

1. Nur drei Orgasmen pro Woche.
2. Davon maximal einer mit einer fremden Frau.
3. Während der Arbeit fokussiert bleiben, keine sexuellen Tagträume im Büro.
4. Keine Pornos. Keine Chats. Keine Flucht in virtuelle Traumwelten.
5. Sport. Täglich mindestens eine Stunde Bewegung. Wandern, Schwimmen, Crosstrainer. Was noch?
6. Regelmäßige Treffen mit Freunden. Mindestens ein Abend die Woche. Peter? Frank?
7. Lesen. Mindestens ein Buch pro Woche. Leseliste erstellen.

Schließlich riss er sich von dem Anblick los. Das Notebook würde nichts davon für ihn tun. Was ihm noch fehlte, war die Verbindlichkeit sich selbst gegenüber. Externalisieren konnte und wollte der das nicht. Er speicherte den Text also ab, stand auf und trat vor den Spiegel auf der Tür seines Kleiderschrankes. „Kannst du das schaffen, Paul? Und willst du es?"

Sein Spiegelbild starrte ihn unverwandt an. „C'mon, Bursche, das geht." Endlich nickte das Spiegelbild. Na also, geht ja.

Er klappte das Notebook zu, zog sich um und verließ rasch und verließ mit seinen Nordic Walking-Stöcken das Haus. Als er zurückkam, war es schon nach 22 Uhr. Duschen, noch ein Schlummertrunk, ein Single Malt. Dann fiel er ins Bett und schlief zum ersten Mal die Nacht wieder durch. Die Morgenerektion zu ignorieren, schaffte er dann doch nicht. Aber – drei waren ja frei.

*

Anja lag schlaflos in ihrem spartanischen Hotelzimmer. Allein, zehn Stunden konzentrierte Arbeit am Flügel hinter sich. Sie starrte an die Decke, als sie schon die dritte Zigarette rauchte, zu der halben Flasche Wein, die sie sich bestellt hatte. Ihre Gedanken waren daheim, bei Paul. Sie machte sich Vorwürfe wegen der harten Aussagen, die sie in der Emotion des Augenblicks über sich selbst gemacht hatte. Tatsächlich stimmte, was sie gesagt hatte, doch sie fürchtete, dass es maßlos übertrieben bei Paul angekommen war. Sie musste gelegentlich Sex aus Berechnung haben, um im Geschäft zu bleiben. Aber hier war die Rede von „gelegentlich", sie vögelte sich nicht wahllos durch fremde Betten, sowie sie außer Haus war.

Ein blöder Zufall, dass Paul ausgerechnet an diesem Abend vergessen hatte, einen Termin auszutragen, sonst wäre sie natürlich mit Jürgen in ein Hotel gefahren. Sie fragte sich auch immer wieder, ob sie in der Situation anders hätte reagieren sollen. Und wenn ja, wie? Jürgen war wichtig, und Jürgen gefiel ihr auch nicht übel, rein körperlich. Eine Schuld einbekennen, wo es keine gab? Und am nächsten Morgen? Sich entschuldigen? Wofür? Sie war zu 95 Prozent sicher, dass er an dem Abend von einer seiner Käuflichen gekommen war. Was ihr gleichgültig war, sie zollte diesen Frauen hohen Respekt für ihre schwierige Arbeit, die in vielen Beziehungen für die nötige Psychohygiene des Mannes sorgte.

Über all den Gedanken musste sie eingeschlafen sein, jedenfalls war es 6:30 Uhr, als das Telefon auf dem Nachttisch nicht aufhören wollte, zu läuten. Ein Blick aufs Display, ihr Manager. Sie war augenblicklich hellwach. „Guten Morgen."

„Ja, wird schon schiefgehen." Die Entscheidung war in fünf Minuten gefallen. Jan van P. war für das Konzert in Amsterdam heute Abend ausgefallen. Mehr als tausend Karten verkauft, man brauchte dringend Ersatz. Tschaikowskys Klavierkonzert. Uff. Eine halbe Stunde später saß sie bereits im eilends organisierten Wagen nach Amsterdam. Vormittag Verständigungsprobe, ein einfacher Durchlauf, für Feinheiten war keine Zeit. Sie kannte den Dirigenten gut, er dachte da wie sie. „Im intuitiven Modus einfach spielen. Wir verzichten auf riskante Extravaganzen. Leg deine Emotion ins Spiel, man wird dir die zwei, drei Unsicherheiten verzeihen."

Nachmittag war Kai, ihr Klavierlehrer, an ihrer Seite, eigens aus Wien eingeflogen. Er nahm ihr die Klavierstimme weg. „Geh schlafen", sagte er nur zu ihr, „und mach dich nicht irre." Ab 19 Uhr war sie wie in Trance. Um 19:15 war endlich das Kleid da, um 19:35 war sie fertig angezogen und geschminkt. Das Orchester spielte den ersten Programmteil, sie starb fast vor Lampenfieber. Ansage der ungeplanten Programmänderung, Auftritt um 19:55. Adrenalin. Die Hörner. Ihre ersten Takte. Um 20:38 brandete der Schlussapplaus auf. Blumen, Standing Ovations. Zugabe. Routine, kein Risiko, Gollwogg's Cakewalk von Debussy, sie sagte das Stück selbst an. Ihr Manager war begeistert. „Die Idee, die Assoziation mit einem Spaziergang herzustellen. Unbezahlbar." Er war schon dabei, diesen Gedanken den paar umstehenden Journalisten in den Kopf zu setzen, das musste unbedingt in die Kritiken.

Kai nahm sie schließlich in der Garderobe in Empfang. Er sah es als seine Aufgabe, für sie da zu sein, in sehr umfassenden Sinn. Doch sie kannten einander sehr gut, ein Blick zwischen ihnen genügte. Es passte nicht, das Bett, das ein diskretes, aber wissendes Management bereitgestellt hatte, blieb ungenutzt. Es war dennoch unendlich wertvoll für sie gewesen, ihn um sich zu haben. Sie ließ sich noch in der Nacht zurück in ihr Hotel fahren. Der nächste zehn Stunden-Tag im Studio wartete, der Auftrittstag musste eingeholt werden.

*

Erst neun Tage später besuchte Paul wieder Maja. Sein Druck war erträglich, aber er musste mit jemandem darüber reden. Er erzählte ihr also ausführlich von seinem Plan, den er bis jetzt in den wesentlichen Punkten eingehalten hatte. Und von seiner

Sehnsucht nach Anja, von dem Bild, das ihn immer noch verfolgte, seinen Phantasien. Sie lagen beide auf dem Bett, nackt, aber sie hatten noch nicht miteinander geschlafen. Maja hielt ihn liebevoll im Arm.

„Du musst mit ihr darüber reden, wenn sie zurück ist. Ein paar Heimlichkeiten in einer Ehe sind schon ok, aber sein Wesen, seine Identität, seine Wünsche und Sehnsüchte vor einander zu verbergen, das geht nicht. Auch mein Mann weiß genau, was ich hier tue. Und sieh es so: sie war ja auch offen zu dir, auch sie hat es dir ja freigestellt, sie so anzunehmen, wie sie ist. Wie mir scheint, hast du deine Entscheidung schon getroffen." – Paul dachte lange nach, er hatte sich nie darüber Gedanken gemacht, wie Maja eigentlich lebte. „Aber Paul?" Sie wartete eine Weile, bis sie seine Aufmerksamkeit wieder hatte. „Du darfst andererseits auch nicht zu streng zu dir selber sein. Du musst einen Weg finden, mit dir und ihr ins Reine zu kommen, nicht dich selbst zu quälen."

Als er nicht darauf antwortete, griff sie nach dem altmodischen Zimmertelefon und wählte. „Tanja, kommst du mal nach sieben bitte?" Paul blickte sie fragend an. „Es ist alles gut, vertrau deiner Freundin Maja", sagte sie nur und streichelte ihn über den Kopf. Ein paar Minuten später kniete eine hübsche junge Frau zwischen seinen Beinen auf dem Bett und blies ihn langsam und sehr gekonnt. Während er noch keuchend in Majas Armen lag, beugte sich das Mädchen über ihn und gab ihm einen salzigen Kuss. „Mach auf", flüstere Maja, und er ließ zu, dass sein Sperma aus Tanjas Mund in seine Kehle floss.

Als er sich schließlich von Maja verabschiedete, wollte er ihr noch einen Geldschein für Tanja geben. „Nein, mein Lieber, das mache ich. Was ich dir heute Nachmittag gegeben habe, tat ich aus Freundschaft, das kannst du bei mir nicht kaufen." – „Danke, Maja, danke für alles." Sie lächelte und küsste ihn zum Abschied auf den Mund. Das erste Mal, soweit er sich erinnerte.

*

Es gelang Paul, sich an seine selbst gesetzten Regeln zu halten, speziell die vermehrte Bewegung tat ihm gut. Er machte sich auch eine Leseliste und kaufte sich einen E-Reader, ein Gerät zum komfortablen Lesen elektronischer Bücher. Er entdeckte, dass das Angebot an verfügbarer Literatur enorm war, vieles davon nur elektronisch verfügbar oder zu einem Bruchteil der Druckausgaben zu haben. Er machte bewusst einen großen Bogen um erotische Literatur, das wäre wohl kontraproduktiv gewesen. Er kündigte das Premium-Abonnement des Erotik-Portals und löschte die, wie er feststellen musste, Dutzenden Gigabytes an Clips, die sich auf seiner Festplatte angesammelt hatten, die meisten noch gar nicht oder einmal angesehen. Zwei Tage vor Anjas Rückkehr masturbierte er zum letzten Mal, das selbst gesetzte Kontingent war verbraucht, und es steigerte die Vorfreude auf sie, seine geliebte Frau.

Am Abend ihrer Ankunft fuhr er selbst zum Flughafen, um sie in Empfang zu nehmen. Sie sah bezaubernd aus wie immer, als sie durch den Ausgang der Gepäckausgabe kam, in Begleitung zweier Herren. „Darf ich bekannt machen? Jürgen K., unser Programmdirektor, und Jahn P., Marketingleiter des Labels. Paul S., mein Mann." Es gab ihm einen kleinen Stich, als er den beiden die Hand schüttelte und „angenehm" sagte. „Die beiden sind gleich mit mir geflogen, sie verbringen eine Woche in Wien, in ein paar Tagen werden sie bei uns zu Gast sein. Ihr werdet sicher interessante Gespräche führen, mein Mann ist ebenfalls im Marketing tätig." Paul riss sich zusammen. „Mein Haus ist Ihr Haus, meine Herren." – „Ja, aber jetzt ist erst mal Wochenende, das möchten Sie nach so langer Zeit sicher ungestört mit Ihrer Frau verbringen." Ausgerechnet Jürgen. „Und wir beide lassen mal Wien auf uns wirken." Er blickte auf seine Uhr. „Komm Jahn, wir sind spät, der Cityshuttle." „Viel Vergnügen, die Herren, und bis bald mal." Anja küsste die beiden noch flüchtig zum Abschied auf die Wange, dann erst wandte sie sich ihm zu. „Hallo Schatz, ich hab dich vermisst."

Auf dem Weg nach Hause führte er sie noch in eines ihrer Lieblingsrestaurants aus, was ihr reichlich Gelegenheit gab, die

Erlebnisse in Holland zu rekapitulieren. „Und dazwischen noch ein ungeplanter Auftritt im Amsterdamer Concertgebouw, stell dir vor, Jan van P. musste wegen Krankheit absagen, man suchte für den selben Abend Ersatz für Tschaikowskys Klavierkonzert. Die Stunden davor habe ich Blut geschwitzt, doch der Moment, als ich auf die Bühne ging, das Kleid war eine halbe Stunde vorher geliefert worden, sonst hätte ich in Jeans spielen müssen. Hach – der Kick, du machst dir keine Vorstellung. Es war ein grandioser Erfolg." Paul antwortete nicht. Das Ehepaar sah einander eine gefühlte Minute lang tief in die Augen. Anja war in diesem Augenblick die pure Sinnlichkeit. Sie legte ihre Hand leicht auf die seine. „Es war erst vor ein paar Tagen, ich hab's mir für meine Rückkehr aufgespart. Zu dir." Nein, Anja log nie. Paul fühlte, wie ihm mitten im Restaurant das Blut einschoss.

Anja liebte im ehelichen Umgang bisweilen das Spiel mit Werben und Zurückweisen, das Hinauszögern, das Knistern. Doch nicht an diesem Abend. Sie waren kaum im Flur des Hauses angekommen und hatten die Übergarderobe abgelegt, da nahm sie ihn einfach an der Hand. „Und jetzt komm und fick mich, es waren lange zwei Wochen ohne dich." Sie schafften es kaum ins gemeinsame Schlafzimmer, bevor sie einander die Kleider förmlich vom Leib rissen und übereinander herfielen wie Verhungernde.

Der dritte Kreis: Lust

Als das Ehepaar am nächsten Tag erwachte, war es bereits Mittag. Anja war die erste aus dem Bett, Paul folgte ihr ins Badezimmer, in den riesigen begehbaren Duschraum, in dem sie sich bei der Adaption des Hauses zwei gegenüberliegende Brauseköpfe installieren hatten lassen. Sie schienen sich im gleichen Augenblick an ein vergessen geglaubtes Ritual zu erinnern, sich die Frage zu stellen, ob sie es noch konnten. „Eins", sagte Anja. Er musste lächeln. „Zwei", antwortete er. Mit einem gleichzeitigen „Jetzt" ließen sie beide im hohen Bogen laufen. Paul wunderte sich immer wieder, wie leicht und selbstverständlich das mit ihr ging, auf öffentlichen Toiletten vermied er es, sich einfach neben einen anderen Mann hinzustellen.

Er ließ ihr aus der Dusche den Vortritt, beobachtete, wie sie sich sorgfältig abtrocknete. Anja war ein Phänomen, es gab keine Bewegung, die zufällig oder gar linkisch wirkte. Alles wirkte sparsam, harmonisch und voller Anmut. „Kinderstube", hatte sie nur gesagt, als er sie einmal darauf angesprochen hatte. Er rätselte, wie das zugegangen sein mochte, wie man sich das praktisch vorstellen musste, doch Fragen danach beantwortete sie ausweichend. „Lass dir den Zauber, du möchtest das alles nicht wissen", war meist die Antwort. Als sie das Bad verlassen hatte, trat auch er aus der Dusche. Er hielt nicht viel vom Abtrocknen, auch sein bereits schütteres Haar bedurfte keiner besonderen Aufmerksamkeit. Da er wusste, dass sie nasse Spuren auf dem Teppich des Schlafzimmers hasste, blieb er im Rahmen der Badezimmertüre stehen, beobachtete, wie sie eine Show für ihn daraus machte, vollkommen nackt ihr dunkles, wallendes Haar zu föhnen. Schließlich ging sie zu ihrem Kleiderkasten, nahm einen winzigen Slip heraus, schaute ihn von unten her an, während sie mit vollkommener Eleganz und Haltung hineinstieg und ihn langsam ihre Beine hochzog. Ein kurzes Sommerkleid komplettierte ihre Kleidung für den Tag. Sie ging noch zu ihrem Schminktisch, zog sich die Augen ein wenig nach, trug mit einem Pinsel einen Hauch von Rouge auf, schien mit ihrem Spiegelbild zufrieden und verließ mit einem „wir sehen uns beim Brunch" das Schlafzimmer.

Als er das Badezimmer verließ, war nicht nur er bereits getrocknet, sondern auch das Bad wieder trocken und makellos schön. Die kontrollierte Lüftungsanlage transportierte die Feuchtigkeit rasch ab, Fliesen und Glasscheiben waren mit einer Lotoseffekt-Oberfläche beschichtet, auf der Wassertropfen keine Chance hatten, sich festzusetzen. Er ging nackt, wie er war, den kurzen Weg in sein Zimmer, zehn Minuten später war er in Shorts und Polo in der geräumigen Küche, wo Anja schon Speck und Eier in einer Pfanne zubereitete. Sie aßen nahezu schweigend, rauchten ihre Zigaretten. Wie er erwartet hatte, widmete sich Anja danach ihrem Klavier. Er setzte sich, wie er es an Wochenenden gern tat, mit einem Tablet Computer auf die riesige Wohnlandschaft, ließ die Musik auf sich wirken und beobachtete ihre konzentrierte Arbeit. Sie verzichtete nach wie vor auf jede Computerunterstützung, ihre Notenhefte waren voll von verschiedenfarbigen Zeichen und Anmerkungen, er forschte nicht nach, das war ihr Metier.

Nach zwei Stunden machte sie eine Probenpause, er bereitete rasch zwei Espressos zu und setzte sich zu ihr. „Anja, wir müssen reden", sagte er einfach, große Eröffnungen waren nicht das seine. „Ich weiß", sagte sie schlicht. „Der Abend damals, als Jürgen da war, das spukt dir seitdem im Kopf herum." Er begann also zu reden, bald sprudelte es nur so aus ihm heraus, er hielt nichts zurück, auch nicht sein Verhältnis zu Maja und den Rat, den sie ihm bei der letzten Begegnung gegeben hatte. Er endete erschöpft, den Tränen nahe. Anja nahm ihn eine Weile einfach zärtlich in den Arm, sagte kein Wort, ließ ihn nur körperlich spüren, dass nichts davon die Liebe berührt hatte, die sie für ihn empfand. Schon gar nicht Maja, dachte sie bei sich. Schließlich stand sie auf, schenkte zwei große Gläser aus der Flasche mit dem erlesenen Single Malt ein, reichte ihm eines und setzte sich mit unterschlagenen Beinen wieder zu ihm.

„Befreiend, nicht wahr", sagte sie nur zu ihm. „Auch wenn man gewährte Freiheiten nie ausspricht, werden sie eines Tages zur Belastung. Doch du erinnerst dich an unsere Hochzeit?" Oh ja, er erinnerte sich. Sie hatte damals schon auf dem Standesamt und für alle Gäste deutlich vernehmlich zum Eheversprechen hinzugefügt: „Aber ich möchte dich nicht besitzen und von dir auch nicht besessen werden." Die Sache war nicht abgesprochen gewesen, doch als er dann gefragt wurde, hatte er ohne viel Nachdenken die gleiche Formel hinzugefügt. Erst jetzt, in diesem Augenblick, wurde ihm die unausweichliche Konsequenz dieses Satzes vollkommen klar. Anja war unerbittlich präzise, was Sprache anbelangte. Und meinte stets genau, was sie sagte.

Er berührte kurz ihre Hand, sie ließ es einen Augenblick lang zu, entzog sich ihm dann aber. „Ich finde es gut, dass du zu käuflichen Frauen gehst. Als Frau kann ich Verbindlichkeit leichter steuern, aber du musst dafür zahlen, dich nicht binden zu müssen. So ist die Welt nun mal. Außerdem bin ich ja auch käuflich, in gewisser Weise." Sie griff nach den Zigaretten, die sie stets in Reichweite hatte. Ein Blick, er nickte. Sie rauchte ihm eine an, reichte sie ihm und nahm sich dann selbst auch eine. „Und, Cheers." Den Whisky hatten sie fast vergessen, sie prosteten einander zu. Sie tranken langsam, schwiegen eine Weile.

„Was die andere Sache anbelangt", sagte sie dann ansatzlos. „Das ist schon ein bisschen schwieriger. Ich habe noch nicht die Zeit gefunden, mich in das Thema genauer einzulesen, doch eines muss uns beiden klar sein: Es ist eine Reise in ein unbekanntes Land, in unerforschtes Terrain, wenn wir uns beide darauf einlassen. Wir sollten das also gemeinsam entscheiden." Paul war wie immer unvorbereitet, doch er verstand genau, worauf sie hinauswollte. Es würde ihre Beziehung auf eine Probe stellen, und wie immer es ausging, sie würden beide als veränderte Menschen daraus hervorgehen. Sie ging kurz zu einem der Wohnzimmerschränke, kehrte mit einem kleinen Schmuckkästchen zurück. „Nur damit wir das ganz klar ausgesprochen haben: wir erlegen einander weiter keine Beschränkungen auf, was unseren sonstigen Umgang betrifft. Doch du bittest mich darum, in unserer ehelichen Beziehung die Kontrolle über unsere gemeinsame Sexualität zu übernehmen und räumst mir das Recht ein, sie zu beschränken, ganz auszusetzen oder dich nach meiner Entscheidung in sexuelle Aktivitäten mit anderen Personen zu involvieren, wobei du nicht notwendigerweise die volle Kontrolle hast. Sprich mit bitte diesen Satz nach, das ist jetzt ein sehr wichtiger Augenblick." Paul zögerte nicht erkennbar, er sprach ihr die Worte nach.

„Eine so wichtige Entscheidung trifft man nicht in fünf Minuten", fuhr sie fort. Sie reichte ihm seinen Ehering und nahm auch ihren aus dem Kästchen. „Denk noch bis morgen Abend darüber nach, ich werde das selbe tun. Leg den Ring auf mein Bett, wenn du bereit bist. Ich werde das gleich tun. „Und", sie sah ihn lang und intensiv an. „Es gibt noch eine Spielregel. Wenn es einem von beiden ernsthaft zu viel wird, dann legen wir wieder den Ring auf das Bett des anderen. Ich verspreche dir feierlich und erwarte auch von dir das folgende: Wenn das passiert, ist das Experiment unwiderruflich abgebrochen. Wie es von dort weg aber weitergeht, ist vollkommen offen. Ebenso, wo es hinführt, wenn wir es fortsetzen. Und wenn wir uns bis morgen Abend 20 Uhr nicht beide entschieden haben, ist die Frage ebenfalls unwiderruflich vom Tisch. Bist du damit einverstanden?" Er sprach ihr wieder ihre Worte nach, er wusste, dass ihr das wichtig war. „Und bis dahin kein Sex. Auch keine Masturbation. Ich will nicht, dass diese Entscheidung aus einem Rausch heraus fällt." „Einverstanden", sagte er. Er widerstand dem Impuls, sie zu küssen, sie würde das jetzt nicht wollen.

Fünf Minuten später saß sie wieder am Klavier. Konzentriert, Fokussiert, vollkommen in ihrer Arbeit aufgehend. Er beneidete sie darum, so eine das Leben füllende Aufgabe zu haben. Doch dann erinnerte er sich wieder an seine Liste, das Buch war noch abzuarbeiten. Und Sport war heute auch noch fällig. Er würde ins nahe gelegen Bad fahren, erst eine Stunde schwimmen, dann die Sauna aufsuchen und im Ruheraum sein E-Book fertiglesen. Er ging also in sein Zimmer, richtete die Sachen her und verließ grußlos das Haus. „Ich rufe dich auch nicht im Büro an, wenn ich weggehe", hatte sie ihm früh gesagt. Sie hasste es, bei der Arbeit gestört zu werden, und er konnte das gut verstehen.

Im Grunde fiel ihm die Entscheidung nicht schwer. Am nächsten Abend legte er seinen Ring gegen 19 Uhr auf ihr Bett und verließ dann das Haus zu einem ausgedehnten Spaziergang. Als er gegen 21 Uhr zurückkehrte, lag auch ihr Ring auf seinem Bett. Der Wohnbereich war bereits finster, die Türe zu ihrem Schlafzimmer geschlossen. Er respektierte ihre Bitte um Privatheit und zog sich ebenfalls in sein Zimmer zurück.

*

Paul sollte sehr bald erfahren, was das konkret bedeutete. Am Mittwoch waren Jürgen und Jahn bei ihnen zum Abendessen geladen. „Um den beiden die Mühe des Heimfahrens zu ersparen", hatte Anja ihnen angeboten, je eines der ungenutzten Zimmer im Haus zu beziehen und über Nacht zu bleiben. Der Sinn des ganzen wurde Paul schlagartig klar, als der die Zeilen las, die er in ihrer Handschrift auf seinem Bett vorfand. Nun gut, er würde sein bestes geben, die Rolle auszufüllen, und sich auf die Sache einlassen.

Um 19 Uhr trafen die beiden ein, in eleganter Freizeitkleidung. Paul war ganz in schwarz, wie Anja es gewünscht hatte, sie selbst trug einen schwarzen glatten Minirock, dazu schwarze Strümpfe und Heels und eine weiße Bluse, die deutlich erkennen ließ, dass ihre kleinen festen Brüste keinen BH brauchten. Sie hatte das Mädchen engagiert, das bei ihnen aufräumte, um ganz für ihre Gäste da sein zu können. Beim Aperitif im Stehen auf der Terrasse wurden Du-Wörter ausgetauscht, für das Abendessen war es aber dann draußen doch zu kühl, Anja bat im großen Wohnzimmer zu Tisch. In den Pausen zwischen den Gängen ließ sie es sich nicht nehmen, kleine Einlagen auf dem

Klavier zu spielen, was die drei Herren mit höflichem Applaus bedachten, ob der nun mehr ihren pianistischen Künsten oder ihrer perfekten Selbstinszenierung galt, ließ sich nicht eruieren.

Durch den Alkohol wurde die Stimmung gelöster, bald plauderte man ungezwungener, zwischen den Herren gab es genug berufliche Berührungspunkte, das Gespräch am Leben zu halten, wozu auch Anja beitrug, die die Herren mit Fragen und Zwischenbemerkungen zu halbernster Balz aufstachelte. Sie war in ihrem Element. Doch gegen 22 Uhr hörte sie nach und nach damit auf, das Gespräch plätscherte nur mehr, aus unterschiedlichen Gründen machte sich Unruhe bei den Herren bemerkbar. Anja, die ein untrügliches Gespür für Inszenierung hatte, verkündete: „Meine Herren, ich habe noch eine kleine Überraschung für euch. Wenn ihr mich bitte einen Augenblick entschuldigt? Im Hinausgehen löschte sie noch das Licht im Wohnzimmer, die Herren verblieben im Schein schwacher Wandleuchten im Bereich des Esstisches. Paul schluckte, er wusste ja, was jetzt kommen würde.

Ein paar Minuten später ging ein Spot langsam wieder an, der auf das Klavier gerichtet war. Der Vorhang hinter dem Klavier war weggezogen, dahinter konnte man im schwachen Licht von Wandleuchten Matratzen, Kissen und Decken auf dem Boden erkennen. Doch im Vordergrund stand sie, Anja. Statt Rock und Bluse trug sie nur mehr ein hauchzartes Negligé am Körper, im weichen Scheinwerferlicht war ihr nackter Körper darunter deutlich zu erkennen. Die Herren starrten sie an. „Na, Burschen, kommt näher", sagte sie, mit unbeschreiblich erotischem Schmelz in der Stimme. Als die beiden sich in Gegenwart von Paul immer noch nicht rührten, setzte sie nach: „Nicht so schüchtern, ihr habt mich alle drei schon gehabt. Wieviel Einladung braucht ihr noch?" – „Bitte, nach euch." Paul schaffte es, einigermaßen klar zu sprechen, als er die beiden an den Schultern nahm und in Anjas Richtung schob. Jahn und Jürgen sahen einander an, dann Paul, doch dann begriffen sie, dass es Anja und wohl auch Paul ernst war mit der Aufforderung. Erst zögernd, dann immer forscher griffen ihre Hände nach Anja, die eine regelrechte Show daraus machte, sich vor und auf dem Klavier unter den Berührungen zu winden.

Paul saß auf der Klavierbank, wie es vereinbart war. Er dachte an „Eyes Wide Shut": wenn er Klavier spielen könnte, hätte er jetzt … So drang gedämpfte Klaviermusik aus Lautsprechern. Während sich das Treiben der ménage à trois auf die Spielwiese verlagerte, während er mit einer seltsamen Mischung aus Erregung und Teilnahmslosigkeit zusah, wie sich seine Frau (seine Frau!) unter den Berührungen der Männer wand, Penisse in den Mund nahm und sich penetrieren ließ: Währenddessen versuchte er, die Stücke zu erkennen, ein Mix aus frühen Aufnahmen Anjas: Erik Satie, Gabriel Fauré, Claude Debussy, Philip Glass. Die Zeit floss dahin, und er erwachte wie aus einer Trance, als er Anjas Stimme hörte: „Ich danke euch, meine Freunde, doch jetzt wird euch Paul zu euren Zimmern bringen. Wir haben noch eheliche – Pflichten – zu erfüllen." Paul war den beiden behilflich, als sie etwas linkisch ihre Kleidung zusammensuchten, führte die beiden zu ihren aneinander angrenzenden Zimmern und wünschte ihnen eine gute Nacht. Dann kehrte er zu Anja zurück.

Sie lag genauso da wie damals. Die Beine offen, rauchend, schaute ihn ruhig an. Er legte rasch seine Kleidung ab und kam zu ihr auf die Spielwiese. Sie dämpfte die Zigarette aus, deutete auf ihre Vagina. „Na wie ist es. Wenn du nicht schlammschieben willst …" Er hatte das Wort zwar noch nie gehört, aber er wusste intuitiv, was sie meinte. Jetzt war der Augenblick gekommen, wo er sich überwinden musste. Sein eigenes Sperma war eine Sache … Die Abscheu währte nur kurz, dann begann seine Zunge ihr Werk, das mit einem langen Orgasmus Anjas endete. Erst als dieser verklungen war, zog sie ihn auf sich.

*

Er konnte sich nicht mehr erinnern, wie er dahin gekommen war, aber als er um halb sieben erwachte, lag er in seinem Bett. Er duschte ausgiebig, machte sich für das Büro fertig. Ja, es war real gewesen, die Spielwiese war noch zerwühlt im Wohnzimmer. Von den dreien war nichts zu sehen. Er machte sich also einen Espresso und richtete sich ein Schinkenbrot. Er hatte Mühe, sich nicht mit Gedanken zu quälen, was Anja mit den beiden noch alles anstellen würde, doch um 8:30 hatte er eine Teambesprechung anberaumt, er würde dort nicht zu spät kommen. Er packte also Mantel und Wagenschlüssel und ging zum Carport. Seine Gedanken hielt er auf den kommenden Arbeitstag fokussiert.

Anja erwachte gegen 11 Uhr. Ihr Mund fühlte sich brandig an vom Alkohol, ihre Scheide brannte ein wenig. Ein Blick mit dem Handspiegel, ein wenig gerötet, aber keine Verletzungen oder Ausschläge zu erkennen. Sie ging ins Bad, ein paar Becher Wasser, dann stellte sie sich erst mal unter die Dusche. Zeit, ihre Gedanken zu ordnen. Drei Schwänze, das war jetzt schon eine ganze Weile her. Sie dachte zurück an die Zeit, als sie noch bei Kai regelmäßigen Unterricht gehabt hatte. Als sie zur jungen Frau erblüht war, konnte es nicht ausbleiben, dass sie mit dem zehn Jahre Älteren eine sexuelle Beziehung einging. Er war ihr erster Mann, und sie dachte mit Dankbarkeit daran zurück, wie er sie einfühlsame defloriert hatte, wie er ihr erst beigebracht hatte, mit den noch ungewohnten Gefühlen ihres Körpers umzugehen, zu ihrer Sexualität zu stehen. Und wie er sie sehr bald auch anderen Männern zugeführt hatte. „In dem Business ist kein Platz für große romantische Gefühle. Du lernst besser, Sex als Befriedigung eines deiner körperlichen Bedürfnisse zu sehen. Dann wird es dir leicht fallen, deinen Körper so einzusetzen, wie es deiner Karriere nützlich ist. Stars werden heute gemacht, Talent ist gut, aber reicht noch lange nicht. Und die Macher sind immer noch Männer." Sie hatte das sehr bald gut anzunehmen gelernt. Männer lebten das ja genau so, wo sollte da der ethische Unterschied liegen?

Sie scheuchte diese Gedanken beiseite, seifte sich gründlich ab, wusch ihr Haar und stieg dann aus der Dusche. Sie suchte kurz nach der Creme, die ihr ihre Frauenärztin für solche Fälle verschrieben hatte, verteilte sie großzügig auf und in ihrer Vagina. Sie war auch pilztötend. Während man sich mittlerweile gegen HIV impfen lassen konnte, gab es gegen dieses kleine Ärgernis anscheinend immer noch keine Vorsorge. Was anziehen? Sie entschied sich für Business, also Strümpfe, Rock übers Knie, Bluse, Blazer. Als sie in die Wohnküche kam, saßen Jürgen und Jahn schon bei einer Tasse Kaffee, das Hausmädchen hatte sie wohl versorgt.

„Guten Morgen, ihr beiden, entschuldigt, dass ich nicht eher für euch da war. Frühstück? Oder vielmehr: Brunch? Speck mit Eiern, wie klingt das in euren Ohren?" „Guten Morgen, wir sind auch gerade erst herausgekommen, und das Mädchen hat uns bestens versorgt." Es war Jahn, der wohlgelaunt antwortete. Bald durchzog ein angenehmer Geruch nach Frühstück das Haus, Anja nutzte den Weg zum Tiefkühler für einen raschen Kontrollblick ins Wohnzimmer. Alles weg, das Mädchen dachte offenbar mit, gut so. Sie legte das tiefgekühlte Gebäck in den Backofen. „Einen Augenblick Geduld noch, gleich ist es so weit." Sie servierte und setzte sich mit einem Kaffee zu den beiden. „Und was habt ihr heute noch vor?" Die beiden hatten zwar Sozialkompetenz genug, über den Abend nicht mehr zu sprechen, aber ein bisschen Anschub einer Unterhaltung konnte nicht schaden. „Es soll hier in der Nähe ein Schloss geben. Wir haben ja den Wagen. Du möchtest uns ja nicht begleiten?", fragte Jürgen. „Ich würde zu gern, aber ihr wisst, es ist nicht mehr lang zur Beethoven-Präsentationstournee. Vor mir liegen acht Stunden harter und leider einsamer Arbeit." Sie wartete, doch keiner der beiden hatte den Nerv, die sublime Vorlage aufzugreifen.

Der vierte Kreis: Entzug

„Warum bittest du mich, mit dir zu schlafen, wenn du keine Lust hast?" Kai hörte mit seinen Bewegungen auf und rollte von Anja, die unter ihm lag. Sie starrte eine Weile in die Luft. „Verzeih, Meister." Sie hatte sich kurz nach ihrer Defloration angewöhnt, ihn so zu nennen, wenn sie unter sich waren. Sie fragte sich, ob das im Verhältnis zwischen ihnen nun eine Bedeutung hatte oder nicht. Kai hatte eine filterlose Zigarette angezündet und hielt sie ihr abwechselnd mit seinen Zügen hin. Sie merkte ein wenig zu spät, dass sie nicht nur Tabak enthielt.

Doch vielleicht war das auch gut, es löste jedenfalls ihre Hemmungen. Sie begann ansatzlos über die Situation ihrer Ehe zu sprechen. Und die Rolle, die sie ihrem Mann zuliebe übernommen hatte, ohne noch genau zu wissen, wie sie damit umgehen sollte. Seit zwei Wochen hatten sie jetzt keinen Sex mehr gehabt, zumindest nicht miteinander, und sie allein auch nicht. Jedenfalls brauchte sie Rat, sie wusste allein nicht mehr weiter. „Ich hoffe, das muss mir jetzt nicht peinlich sein vor dir, Meister." Damit sah sie ihn mit ein wenig unfokussierten Augen an.

„Nein, es muss dir nicht peinlich sein. Du hast die Anfangsgründe des lustvollen Fickens bei mir gut gelernt, ich habe dich bei deinen jugendlich-ungestümen Orgien ebenso begleitet wie bei deinen Konzerten, was müsste dir vor mir peinlich sein?" Das stimmte wohl. „Da hast du wohl recht, Meister, aber das hilft mir auch nicht weiter." Er schwieg eine Weile. „Ich fürchte, ich kann dir da selbst nicht helfen. Aber ich kann dich an eine Frau vermitteln, die mit diesen Dingen viel Erfahrung hat." Er wartete ihre Antwort nicht ab, sondern griff nach seinem Mobiltelefon. Er erklärte die Situation knapp. „Ja, übermorgen nachmittag? Moment?" Anja nickte. „ja gut, sie wird hier sein."

„So, und jetzt spreche ich als dein Klavierlehrer. Ich mag deinen Anschlag nicht, wenn du unbefriedigt bist. Blasen und dann breit machen." Sie schluckte kurz, sie war überrumpelt. Doch dann kam das „Ja Meister", das er erwartete. Und diesmal schaffte sie es, sich ihm in einer Serie von Orgasmen vollkommen hinzugeben.

*

Paul lag lang ausgestreckt neben Erika, einer quirligen, lebenslustigen, molligen Mittdreißigerin. Das französische Fenster stand offen, der eiernde Deckenventilator quietschte mittlerweile leicht. Erikas Spezialität war „ganze Arbeit", wie sie das nannte. Sie hasste es, wenn Männer auf ihr lagen, war aber äußerst kreativ, wenn sie oben war und den aktiven Part hatte. Gerade das richtige heute für Paul. Erika erledigte auch das Reden gleich ganz allein mit, sie quatschte ununterbrochen, auch beim Sex, und es war ihr vollkommen gleichgültig, dass die meiste Zeit niemand zuhörte. Paul rauchte derweil.

Maja kam ins Zimmer. Daran musste man sich hier gewöhnen, es konnte immer sein, dass Maja ins Zimmer kam. Es störte niemanden wirklich, entweder man war ohnehin „après", oder man war mittendrin, dann ließ man sich eben nicht unterbrechen. Diesmal hatte sie ein Tablett mit zwei Gläsern Zitronenlimonade mitgebracht. Erika liebte Zitronenlimonade, Paul nahm der Höflichkeit wegen einen Schluck von dem unerträglich süßen Zeug und gab ihn dann Erika weiter, die es gierig in sich hineinleerte. „Na wie geht's dir, Paul, dir und deinen Phantasien?" Erika wurde aufmerksam, doch gegen die Neugier der beiden Frauen hatte er keine Chance, also erzählte er halt, wie es in seiner Ehe stand. „Selber schuld", sagte Erika, „und jetzt geht's beide fremdschnacksln, statt dass' daheim bleibts und euch miteinander das Hirn rausvögelts." „Erika, magst net duschen und dann rüber auf neun gehen? Der Arnold wär da, der hat nach dir gefragt." Über Erikas Gesicht ging ein Leuchten, sie griff nach ihrem Morgenmantel, in dem sie ins Zimmer gekommen war, und war mit einem „Danke, Maja" verschwunden. „Ficken musst ihn aber schon selber", sagte Maja hinter ihr her, mehr zu sich selber. „Ich weiß nicht, was die Männer an der dummen Flitschn finden, aber sie ist meine gefragteste.

Kannst du mir das erklären, Paul?" „Ach", sagte er. „manchmal hat man einfach Lust, gar nix zu tun und sich unter einer geballten Masse geiler Weiblichkeit begraben zu lassen."

Maja nickte, dann ging sie zur Minibar im Zimmer und kehrte mit einer Piccolo-Flasche Sekt und zwei Gläsern zurück. „Aufs Haus", sagte sie, „aber dafür will ich jetzt alles wissen. Und dafür, dass ich die Schnattern anderweitig beschäftigt habe." Paul musste lachen, er griff nach dem Sektglas. „Prost Maja." Sie stießen an. Dann begann er zu erzählen. Als er fertig war, wiegte Maja bedenklich das Haupt. „Ich sag dir, Paul, die hat sich da was angefangen, deine Anja, und jetzt weiß sie nicht, wie sie tun soll. Und wenn eine Frau unsicher ist, ist sie nicht geil." Sie schwieg eine Weile. „Wenn du auf der sicheren Seite sein willst, leg ihr den Ring aufs Bett. Es wäre jetzt ein günstiger Ausstieg. Wenn du allerdings neugierig bist …" Sie brach ab. „Es wird jedenfalls nicht so bleiben. Das ist gewiss. Sie ist eine Frau, sie wird sich Rat suchen. Nur was man ihr rät …"

Sie blickte auf Pauls Penis, der schon wieder erigiert abstand. Sie griff mit der Hand nach ihm. „Du hast dich ohnehin schon entschieden." Eine Minute später ejakulierte er heftig. „Das geht auch aufs Haus", sagte Maja, küsste ihn zum Abschied auf den Mund und verließ das Zimmer.

*

Am übernächsten Tag saß Maja Anja gegenüber und hörte sich deren Geschichte geduldig an. Es war ihr zwar schleierhaft, warum Kai der Meinung war, dass sie von Cuckolding irgend eine Ahnung hatte, aber das musste sie diese hübsche selbstbewusste Frau ja nicht wissen lassen. Außerdem war sie sich schon nach zwei Minuten sicher, die andere Seite der Geschichte zu hören, die Paul ihr erzählt hatte. Jetzt sich nur ja nichts anmerken lassen, aber auch nichts tun, was Paul schaden könnte. Es wäre schade, wenn er diese Frau verlieren würde. Oder sie ihn. Sie überlegte fieberhaft.

„So könnt ihr jedenfalls nicht weitermachen. Ihr seid auf sehr gefährlichem Terrain. Ihr weicht einander aus." Anja nickte, so viel war ihr auch schon klar geworden. „Der einfachste Ausweg wäre, dass ihr einfach aufhört. Klar, du wartest darauf, dass er aufgibt. Aber wenn du erkennst, dass der Weg der falsche ist ... du bist immerhin seine Ehefrau, und du hast es leicht in der Hand."

„ich stimme dir zu, Maja", sagte Anja. „Doch bevor ich mich dafür entscheide, möchte ich wissen, ob es Alternativen gibt. Ich fürchte, so wird seine Unzufriedenheit bald wieder Oberwasser bekommen. Ich habe ihn zwar deutlich wissen lassen, dass mir seine käuflichen Affären gleichgültig sind, aber ..." „Aber du fürchtest, dass er sich eines Tages in wen verlieben könnte. Vorzugsweise ein Naiverl, das an seinen Lippen hängt, aber gleichzeitig gut genug ist, seinen Schwanz zum Spritzen zu bringen." Autsch, touché, dachte Anja. Es schmerzte, so mühelos durchschaut zu werden.

„Nun gut, du willst es wirklich wissen." Maja wartete eine Weile. „Ich fürchte, wenn du in dem Spiel weiterkommen willst, wirst du den Weg der Symmetrie verlassen müssen. Du musst das Verhältnis kippen. Idealerweise so, dass er es ist, der dich bittet, sich dir unterwerfen zu dürfen." Anja hakte nach, und Maja improvisierte Stück für Stück einen Plan, wie das gelingen könnte. „Danke Maja, du hast mir schon sehr weitergeholfen. Was bin ich dir schuldig?" – „Nichts, Kind", sagte Maja und sah Anja prüfend an. „Außer das eine: Wenn du weiter machst, achte trotz alledem auf seine Belastbarkeit und Grenzen. Es hilft dir nicht weiter, wenn ihn sein Selbsterfahrungstrip zum seelischen Wrack macht." Anja sah sie mit großen Augen an. „Und noch eins: Überlege dir eine wiederholbare Exit-Strategie. Damit meine ich nicht den Notabbruch. Das macht die ganze Sache für ihn wertlos. Sondern einen ‚du hast es geschafft, aber jetzt sei wieder einfach mein Mann'-Punkt."

Anja verstand. „Und was meinst du mit wiederholbar, Maja?" „Es kann sein, dass sein Stolz es ihm verbietet, schon beim ersten Mal ‚genug' zu sagen. Du musst immer einen weiteren Ausweg offen lassen, den du im Notfall auch schnell spielen kannst."

*

Anja hatte die Sache noch ein paar Tage vor sich hergeschoben, doch es wurde nicht besser. Abbrechen wollte sie nicht. Und in sechs Wochen begann die internationale Tournee, sie würde Wochen nicht oder nur selten zu Hause sein. Bis dahin musste die Sache so oder so gelöst sein. Sie setzte sich also hin und begann einen Brief an ihn zu entwerfen. Nach zwanzig weggeworfenen Entwürfen war sie endlich zufrieden.

Es ist deine Entscheidung, aber du kannst mir vertrauen. In Liebe, Anja.

Das waren die letzten Worte auf dem Zettel. Sie nahm das Teil zur Hand, das gestern in dem Päckchen gekommen war, mit ein paar anderen Sachen, die sie mit bestellt hatte. Sie überlegte, ob sie sich umgekehrt auf Vergleichbares einlassen würde. Sie wusste keine Antwort darauf, doch das war auch nicht die Frage. Es war sein Trip, nicht ihrer. Sie wartete, bis er auf seiner abendlichen Runde war, und legte dann Brief und das Teil auf sein Bett. Die Sache war entschieden. Als er wieder nach Hause kam, arbeitete sie konzentriert am Klavier.

Der fünfte Kreis: Kontrolle

Paul las den Brief jetzt zum dritten Mal, starrte das Teil an, das da auf seinem Bett lag. Nein, das konnte sie nicht ernst meinen. Er nahm das Teil in die Hand und studierte es. Im Grunde war es einfach konstruiert: ein Ring um die Peniswurzel, ein Käfig für den Penis, der mit einem kleinen Steckschloss unlösbar am Ring fixiert wurde. Nach vorne abziehen konnte man es nicht, das verhinderten die Hoden. Er las den Brief zum vierten Mal:

Lieber Paul,

wir sind auf deiner Reise jetzt schon ein Stück weit gemeinsam gegangen. Ich denke, du bist jetzt bereit für den nächsten Schritt. Du hast mir das Recht eingeräumt, deine Sexualität zu beschränken, ich mache nun davon Gebrauch. Ich denke, du verstehst, warum das jetzt notwendig ist.

Beschäftige dich in Ruhe mit dem hübschen Teil, das ich dir zu diesem Brief gelegt habe. Wenn du so weit bist, bitte ich dich, den Käfig sorgfältig zu verschließen und mir den Schlüssel auf mein Bett zu legen.

Du hast Zeit, so lange du für richtig hältst. Aber solltest du unser Spiel fortsetzen wollen, ist dies der Weg, der dich zu weiteren Erfahrungen gemeinsam mit mir führen wird. Die anderen Regeln bleiben natürlich unverändert aufrecht, ich schränke weder deine Bewegungsfreiheit ein, noch werde ich dir nachspionieren.

Ach ja: für deine Sicherheit wird zu jeder Zeit gesorgt sein, auch wenn mir etwas zustößt.

Es ist deine Entscheidung, aber du kannst mir vertrauen. In Liebe, Anja.

Paul brauchte eine Weile, bis seine pragmatische Seite wieder die Oberhand gewann. Er nahm sich sein Notebook und machte sich wieder eine Liste mit den Alternativen:

1. Das Spiel abbrechen
2. Nicht reagieren
3. Sich auf den nächsten Schritt einlassen

Dafür hätte er nun kein Notebook gebraucht. Alternative 2 schloss er gleich wieder aus, die erschien ihm jämmerlich. Es war sein Trip, nicht ihrer.

Alternative 1 erschien reizvoll. Er hatte von dem Kelch gekostet, einige seiner Grenzen verschoben, er hielt es für unwahrscheinlich, dass sie nach diesem Ende nicht mehr zueinander finden würden. Sie würden ihre offene Beziehung einfach weiterleben. Aber die Entscheidung war andererseits irreversibel, es würde kein weiteres Mal mehr geben.

Blieb Alternative 3. Er beschloss, die Sache einfach einmal praktisch zu erproben. Den Schlüssel konnte er ja vorerst behalten, wenn sich unter Tags praktische Probleme ergaben, genügte ein kurzer Gang auf die Toilette. Ja, warum nicht gleich. Schlafen würde er ja auch mit dem Ding müssen. Er legte es also an und verschloss es.

„Ich denke, du verstehst, warum das jetzt notwendig ist." Es schmerzte ihn, aber ja, er verstand es. Das oder Abbruch. Man wusste bei beiden Wegen nicht, wo sie hinführen würden. Aber welcher spannender werden würde, das wusste man schon. Und sie liebte ihn aufrichtig, auch das wurde ihm sehr bewusst. Und sie hatte sich Rat gesucht, wie Maja vorhergesehen hatte.

*

Anja lag unruhig in ihrem Bett. Sie wäre jetzt in diesem Augenblick am liebsten zu Paul hinüber gegangen, hätte ihm den Ring gegeben und mit ihm eine zärtliche Liebesnacht verbracht. Doch sie hatte sich anders entschieden. Drei Tage war ihr Limit. Wenn er bis dahin zu keiner Entscheidung gekommen war, würde sie abbrechen. Unbewusst griff sie sich nervös zwischen die Beine. Wie nahezu jeder Mensch hatte sie eine tief verinnerlichte Routine, wie sie sich ohne weitere Hilfsmittel innerhalb von zwei Minuten einen Orgasmus verschaffen konnte. Erst nach einer halben Minute kam ihr Verstand nach und realisiere, was sie da tat. Sie hörte auf. Es schien ihr nicht passend, während Paul sich vielleicht mit der Entscheidung quälte.

Oder gerade masturbierte. Oder sich morgen mit einer der Käuflichen ein letztes Date ausmachte. Ihre Hand glitt wieder nach unten. „Fuck nein", sagte der Verstand. Sie würde sich bis zu seiner Entscheidung zurückhalten. So billig wollte sie es sich selber auch nicht machen. Sie zog sich ein langes T-Shirt über und ging noch hinunter zum Klavier. Nicht arbeiten, freie Improvisation. Nach einer Weile merkte sie, dass Paul ins Wohnzimmer nachgekommen war und ihr zuhörte. „Musik ist wie Sex, nur intensiver", dachte sie, als sie all ihre Emotion in ihr Spiel legte. Paul schien das auch so zu empfinden, als sie geendet hatte, saß er mit Tränen in den Augen da. Sie konnte der Versuchung nicht widerstehen, ihm im Vorbeigehen über den Kopf zu streicheln, es zerriss ihr fast das Herz, dass sie ihn so allein da sitzen lassen musste. Sie ging rasch in ihr Zimmer und weinte sich in den Schlaf.

*

Fazit des ersten Tages: Abbruch um 10 Uhr. Er hatte es gerade noch verhindern können, beim Pinkeln seinen Anzug einzusauen. Das verdammte Ding teilte den Strahl, die Pisse lief die Stäbe entlang überall hin. Das funktionierte einfach nicht, das musste sie einsehen. Nach der Arbeit führte ihn sein erster Weg zu Maja. Das Spiel musste ein Ende nehmen. Heute Abend noch.

„Was ist denn mit dir los. So aufgewühlt habe ich dich noch nie gesehen, Paul", sagte Maja, als er die Treppe zu ihrer winzigen Rezeption hinaufgekeucht kam. „Lass mal stecken", sagte sie, als er seine Brieftasche zur Hand nahm. „Einen Moment nur bitte." Sie wählte auf dem altmodischen Telefon, das in der Rezeption stand. „Tanja? Rezeption bitte." Paul war verwirrt, als das Mädchen erschien. „Machst du bitte die nächsten zwei Stunden Rezeption. Keine Extras für neue Gäste, du kennst dich aus?" Das Mädchen nickte. „Komm, wir gehen hinauf."

Sie stiegen die Treppen hoch. Maja holte unterwegs noch aus ihrer Wohnung Tee, er konnte einen kurzen Blick hinein erhaschen. Altmodisch, plüschig, ein wenig fadenscheinig. „Mein Reich. Hier hat außer mir nur mein Mann Zutritt, hier teilen wir unsere eheliche Intimität. Oder bei ihm, er hat seine eigene Wohnung, ein paar Gassen weiter." Paul nickte. „Aber jetzt geht es mal um dich." Sie gingen in das gegenüberliegende Zimmer, nahmen an dem kleinen Tischchen Platz. Sie schenkte Tee ein.

Er zeigte ihr das Ding. „Das möchte sie, dass ich tragen soll. Den Schlüssel soll ich ihr geben. Aber das ist nicht das eigentliche Problem." Maja sah ihn an. „Wenn das nicht das eigentliche Problem ist, wie schwerwiegend ist dann dein eigentliches Problem, Paul?" Er berichtete ihr von den Schwierigkeiten, die ihm das Pinkeln damit machte. „Und jetzt bist du von diesem kleinen Rückschlag so frustriert, dass du schnurstracks hierher gekommen bist, ficken willst, egal wen, und ihr heute Abend den Ring auf das Bett knallen willst, samt dem Teil hier?" Autsch. So wie sie das sagte, hatte er das zwar vorgehabt, es kam ihm aber selbst vollkommen lächerlich vor, als er es in dieser Härte von ihr hörte.

Sie schenkte ihm Tee nach. Er hatte wohl zu gierig getrunken, seine Blase meldete sich zu Wort. „Einen Moment, ich bin gleich zurück, ich muss nur schnell …" Weiter kam er nicht. „Nicht so hastig, mein Lieber. Zieh dich aus." Paul machte große Augen. „Und tu bitte weiter, bevor du mir hier auf den Teppich pisst." Er wusste selbst nicht genau warum, aber er gehorchte. „Jetzt komm her mit dem Teil." Er stand vor ihr, leider bekam er davon schon wieder eine Erektion. Sie sah ihn an, dann löste sie das Problem sehr rasch mit zwei ziemlich gekonnten Schlägen auf seine Hoden. „Verzeih, Paul." Er stöhnte, der Schmerz strahlte kurzzeitig bis in die Kopfhaut und die

Zehen aus. Ehe er bis drei zählen konnte, war sein Penis wieder in dem Käfig gefangen.

„So", sagte sie, sie nahm ihn an der Hand, führte ihn nackt, wie er war, über den Flur in das Etagenbad. Sie machte keine Anstalten, wieder zu gehen. „Jetzt denkst du mal nach. Wenn das im Stehen nicht funktioniert, wie könnte es dann funktionieren?" Er schaute eine Weile unsicher um sich, dann setzte er sich auf die Toilette. „Du lernst jetzt, was jedes Mädchen noch vor dem Kindergarten lernen muss. Wie pinkle ich, ohne dass ich von oben bis unten angesaut bin." Sie wartete eine Weile. Als Paul keine Anstalten machte, fragte sie nach. „Doch nicht so dringend. Wir können auch in einer halben Stunde wiederkommen und bis dahin weiter Tee trinken. Oder in einer Stunde. Oder in zwei. Aber du kommst mir nicht aus." Fuck, sie meinte das wohl ernst. Er versuchte sich zu entkrampfen, vor Anja funktionierte das ja auch. Schließlich schaffte er es, laufen zu lassen.

„Bravo. Und was musst du jetzt tun, bevor du dir dann später den Anzug wieder hochziehst?" Er griff nach dem Klopapier. Er versuchte sich damit abzuwischen, nach einer Weile ging das recht gut. Als er aufstand, war er eigentlich trocken. „Lektion gelernt?" Sie führte ihn nackt, wie er war, wieder in das Zimmer. „Jetzt zieh dich wieder an. Ich mische mich nicht in deine Entscheidungen, aber hier fickst du heute nicht. Wenn du möchtest, können wir noch weiter reden."

Es war nach 22 Uhr, als er heimkam. Alles finster, ihre Schlafzimmertüre war geschlossen. Er war gewillt, der Sache noch die Nacht und einen Tag zu geben.

*

Am nächsten Tag war Anja wieder bei Kai. Auf dem Weg hinauf zu seiner Wohnung kam ihr ein hübsches Mädchen entgegen, das ihrem Blick scheu auswich. „Anfängerfehler", dachte sie mechanisch. Aber ihr schwante nichts Gutes, wenn Kai befriedigt war, war er fokussiert im Unterricht. Es würde ein anstrengender Vormittag werden.

Sie lag nicht falsch. „Mit dem Beethoven sind wir fertig. Lass den jetzt abliegen bis zur Tournee, du machst dich nur mehr irre. Aber deine Haltung, deine Körperspannung, deine Bühnenpräsenz, darum haben wir uns schon zu lange nicht mehr gekümmert. Geh dich umziehen." „Ja Meister." Während sie im Nebenraum Jeans und T-Shirt ablegte und in das Abendkleid schlüpfte, glitten ihre Gedanken zurück in ihre Kindheit. Körperlicher Ausdruck und kontrollierte Bewegung war bei ihrer Mutter ein ständig präsentes Thema gewesen. Ballett-Training, bis mit zehn die Entscheidung für ernsthaftes Klavierspiel fiel und keine Zeit mehr dafür war. Ihren Vater hatte sie nie kennengelernt, irgendwann in der Pubertät fand sie dann heraus, dass ihre Mutter als Nobel-Prostituierte ihr Geld verdiente. Erst viel später hatte sie die gedankliche Verbindung zu dieser Pedanterie, zur Auswahl ihres Klavierlehrers und dem hergestellt, was er ihr sonst noch beigebracht hatte. Sie würde Mama wieder einmal am Friedhof besuchen, Anja war Waise, seit sie siebzehn war, vorzeitig für volljährig erklärt, weil man für das halbe Jahr keinen Vormund mehr suchen wollte. Kai hatte dann das Werk an ihr vollendet und sie zur erwachsenen Frau gemacht. Er war ihr wohl gleichzeitig Vater, Freund, Liebhaber und Lehrer. Meister eben.

„Nicht trödeln, Auftritt in einer Minute." Kai stand in der Tür des Nebenraums. „Konzentrier dich. Hier ist die Bühnentüre, der Flügel steht, wo er steht, das Orchester dahinter. Und los." Nach gefühlten zwanzig Mal war er endlich zufrieden. „So nächstes. Du sitzt am Klavier, das Orchester beginnt, du wartest auf deinen Einsatz. Du und ich wissen, dass man da schon lang fokussiert ist, aber das Publikum nicht. Eine Kamera ist auf dich gerichtet, du weißt nicht, ob du nicht groß live auf Sendung bist. Gleich Tschaikowsky, Klavierkonzert." Sie konnte die Hörner nicht mehr hören, die aus zwei Lautsprechern drangen, als er endlich zufrieden war. „Jetzt noch letzte Takte und Schlussapplaus." Nach zweieinhalb Stunden war das Kleid vollkommen durchgeschwitzt, sie ließ es einfach auf den Boden fallen und flätzte sich halbnackt auf einem großen Handtuch auf das Sofa im Raum. Er setzte sich zu ihr, eine Zigarette ohne Filter in der Hand. Sie sog gierig, spürte sofort die beruhigende und entspannende Wirkung. Der Whisky, den er ihr in einem großen Glas reichte, floss dazu angenehm ölig ihre Kehle hinunter. „Ficken?", fragte er schließlich. „Danke, aber nein danke, Meister. Außerdem hast du dich ohnehin gerade an dem offensichtlichen Flitscherl abgearbeitet." Er nickte. „Ein hoffnungsloser Fall, ja. Ich nehme sie nicht weiter als Schülerin." Es blieb offen, was sie genau bei ihm hätte lernen sollen. Er drängte aber nicht weiter, bei aller Härte konnte sich Anja auf eines immer bei ihm verlassen. Er überschritt ihre Grenzen niemals ohne ihr Einverständnis.

Sie saßen noch eine Weile stumm nebeneinander. Sie duschte dann rasch, zog sich wieder straßentauglich an und nahm ein Taxi nach Hause. Den Rest des Tages verschlief sie.

*

Paul kam früh nach Hause. Anja schien zu schlafen. Er zog sich um und machte sich auf die Nordic Walking Runde. Zwei Stunden, um den Kopf frei zu bekommen für die Entscheidung. Die Probleme von gestern hatte er dank Majas Crashkurs gut in den Griff bekommen, sie taugten nicht mehr als Ausrede. Ansonsten hatte Anja offenbar gut gewählt, auch beim Sport machte der Käfig keine Probleme, es scheuerte nichts, er folgte den anatomischen Notwendigkeiten und war kaum spürbar. Auf dem Weg ins Haus hatte er den Entschluss gefasst. „Darf ich in einer halben Stunde zu dir kommen?", schrieb er über den Nachrichtendienst, den sie gemeinsam nutzten. „Ja ich werde bereit sein", schrieb sie zurück.

*

Anja überlegte fieberhaft. Ring oder Schlüssel, eines von den beiden würde es werden. Wie sollte sie ihn empfangen? Sie versuchte sich in ihn hineinzufühlen. Wie würde er kommen, wenn er welche Entscheidung getroffen hatte. Was würde er erwarten, wie sie reagierte? Wenn es der Ring war, war es einfach vorherzusehen. Aber beim Schlüssel? Und sie brauchte ja etwas, was für beide Entscheidungen passte. Sie stand im Bad, so oder so wollte sie perfekt für ihn sein. Noch einmal rasieren. Auch die Achseln. Dann zum Schminktisch. Augen, ein Hauch Puder, Rouge auf die Backenknochen. Frisur war, wie sie war, sie löste nur den Haargummi. Endlich hatte sie die Lösung. Einfach ein Slip. Und sie wusste auch schon, was sie tun würde. Eine von Kais Zigaretten wäre jetzt gut. Nun, es musste auch so gehen. Noch zwei Minuten, sie legte sich auf das Bett, zwang sich ruhig zu atmen. Position 2, nach Kais Schule für alle Fälle.

*

Er klopfte und trat ein. Nackt, den Käfig trug er stolz angelegt vor sich her. Er sagte nichts, hielt den Schlüssel auf einer Handfläche, bot ihn ihr dar. Sie setzte sich auf, ruhig griff sie ihm an den Penis, kontrollierte sorgfältig den Sitz. „Du hast dich also entschieden? Wenn ich den Schlüssel nehme, ist das irreversibel. Ich möchte, dass du es aussprichst." Das hatte er kommen sehen. „Anja, ich lege mit diesem Schlüssel mein ganzes Vertrauen deine Hand. Du kontrollierst jetzt meine Sexualität, bitte geh sorgsam damit um." Sie wartete ein paar Sekunden, sie mussten sich für ihn wie Minuten anfühlen. Dann griff sie nach dem Schlüssel. Es war alles gesagt, sie hasste unnötig wiederholendes Gerede. „Möchtest du heute Abend hierbleiben?" Er antwortete nicht, legte sich aber neben sie in das Bett, das wie immer leicht nach ihr und ihrem Parfum roch." Sie stand kurz auf, dämpfte das Licht, leise Klaviermusik erfüllte den Raum. Sie kramte in einer Lade, da musste doch noch … Ah hier, die Blechschachtel. Sie setzte sich wieder zu ihm, nahm eine der beiden noch verbliebenen Filterlosen heraus. „Bevor wir uns verlieren: Es ist jetzt alles erlaubt, mit einer Ausnahme. Betrachte meinen Slip als Tabuzone. Berühre mich dort auch nicht von außen. Einverstanden?" „Ja, Herrin." Sie erschrak. Sie brauchte einen Augenblick. „Akzeptiert, aber sag das bitte niemals außerhalb unseres Spiels. Einverstanden?" „Ja, Anja." Er hatte es wohl verstanden. Sie zündete die Zigarette an, sie rauchten gemeinsam, warteten, bis die Wirkung einsetzte. Es waren unglaublich intensive Stunden, die das Ehepaar miteinander verbrachte, erst noch unsicher, dann immer wagemutiger forschend, ihren eigenen Gefühlen und denen des anderen nachspürend, und doch die Beschränkung respektierend. Schließlich schliefen sie vollkommen erschöpft ein, Anja in Löffelchenstellung an ihn gekuschelt und unglaublich zärtlich von seinen Armen umfangen.

Am nächsten Morgen erwachten sie, beide ein wenig befangen. Anja war noch nicht richtig munter, aber sie musste noch etwas los werden. „Ich will nicht, dass wir außerhalb des Spiels darüber sprechen. Aber zwei Dinge sind noch wichtig. Erstens: mach dir keine Sorgen, im Notfall kann medizinisches Personal solches Spielzeug leicht entfernen. Und zweitens, jetzt pass gut auf, du kannst das auch selbst." Sie zeigte ihm eine durch eine Abdeckung verborgene Inbusschraube. „Aber: das Ding ist danach kaputt, du kannst es nicht mehr zusammenbauen. Alles verstanden soweit?" Sie betonte das Wort „Alles". Klar, das Spiel war dann aus. „Alles verstanden, und danke für deine Umsicht." „Gut, machen wir uns fertig für den Tag, wir sehen uns beim Frühstück."

Anja wusste, sie musste Paul beim Switchen am Anfang ein bisschen helfen. Also verwickelte sie ihn beim Frühstück in eine Diskussion über Elektromobilität. Sie hatte sich am Vortag nur sehr oberflächlich eingelesen, doch er war noch müde und bemerkte nicht, wie gleichgültig ihr das Thema war.

*

Die ersten Tage war er noch mit der Ungewohntheit der Situation gefordert, er fand es immer noch absurd, welche Aufmerksamkeit ein simpler Toilettengang erforderte. Auch beruflich war einiges los, es galt das Sportprogramm fortzusetzen, die Waage zeigte schon einige Kilo weniger. Er versuchte, nicht ständig an Sex zu denken, er war erstaunt an sich selbst zu erfahren, wie oft am Tag seine Gedanken unwillkürlich um dieses ewige Thema kreisten. Doch ein anderes Thema machte ihm zunehmend zu schaffen: es war durch den Käfig nicht möglich, seine Schamhaare befriedigend zu entfernen, es bildeten sich an den unzugänglichen Stellen erst Stoppeln, dann längere Haare. Er würde sie wohl um eine Lösung bitten müssen, es war ihm unangenehm. Er überlegte eine Weile, wie er es anstellen sollte, sie wollte ja im Alltag nicht darauf angesprochen werden. Als er die Lösung schließlich hatte, fragte er sich, warum er stundenlang nachgedacht hatte. „Ich bitte, mich zu empfangen", schrieb er einfach im Nachrichtendienst. „Die Herrin ist um 19:30 für dich bereit", kam es nach einer Weile zurück. Na also, das funktionierte ja.

Um 19:30 klopfte er an ihre Schlafzimmertüre. Er trug Shorts und darüber einen Morgenmantel. Sie saß an ihrem kleinen zierlichen Schreibtisch. „Herrin, ich habe eine Bitte." Und er beschrieb ihr mit klaren, ungekünstelten Worten, was Sache war. „Zeig einmal her", sagte sie darauf. Verdammt, daran hatte sie nicht gedacht. Er trat vor sie, sie zog ihm die Shorts bis zu den Knien und inspizierte seinen Penis. Hygienisch schien alles in Ordnung, aber hier hatte er einen Punkt. Nein, das konnte sie ihm nicht zumuten. „In Ordnung. Bereite bitte den Whirlpool vor, ich komme bald nach." „Ja, Herrin." Er ging schon vor. Sie überlegte kurz. Ein bisschen konnte sie ihn schon fordern, fand sie. Also ausziehen. Kurzer Body Check. Rasur noch ok, erst heue erledigt. Den Schlüssel. Sie kramte schnell in ihrer Lade. Ja, da, die silberne Halskette passte gut durch das Loch. Einfädeln, umhängen. Ein Seidentuch fiel ihr in die Hände. Auch gut. Was noch? Bademantel. Rasierer. Gut, los. Herrin ist kein einfacher Job, dachte sie auf dem Weg.

Er lag schon im Pool, das Wasser blubberte lustig. Sie spürte seine Blicke auf ihrem Körper ruhen. Ausziehen. Ruhig, auf die Bewegungen achten. Sparsam, fließend. Zum Glück zweite Natur. Sein Blick auf dem Schlüssel, der zwischen ihren Brüsten baumelte. Tuch und Rasierer auf den Beckenrand. Eigene Geilheit ignorieren. Langsam ins Wasser. Sie setzte sich ihm gegenüber, streckte sich lang aus. Die erotische Spannung war zum Greifen. Sie sah ihn nur an, sagte nichts. Eine Hand spielte an der Kette herum, sie ließ den Schlüssel über ihre steifen Nippel gleiten. Scheißspiel, dachte sie, lang mach ich das nicht mehr für ihn. Sie hatte eigentlich das Bedürfnis, sich von ihm das Hirn rausvögeln zu lassen.

Anja ließ sich nichts anmerken. „So mein Lieber", sagte sie schließlich. Sie stand auf, nahm das Tuch in die Hand. Kniestand, breit über ihn, langsam hinauf. Ihre offene Vagina Zentimeter von seinem Gesicht. „Deine Hände", sagte sie. Sie spürte seinen Atem auf ihrer Haut, war sich bewusst, dass er ihre Geilheit roch. Sie schlang das Tuch um seine Handgelenke, einmal mittendurch, befestigte das Ende an einem der Wasserhähne. „Nur als Erinnerung, Liebling. Brav stillhalten." Sie blieb noch eine Weile, wich aber seiner Zunge aus. „Wer hat dir das erlaubt", fragte sie. „Entschuldigung, Herrin", kam es kleinlaut. Sie kletterte wieder von ihm, nahm den Schlüssel vom Hals und machte sich an seinem Käfig zu schaffen. Sie hoffte, er merkte nicht, wie ihre Hand zitterte. Sein Penis wurde augenblicklich steinhart. Sie atmete ein paarmal tief durch. Dann nahm sie den Rasierer, entfernte die Behaarung rasch und routiniert, zog die Vorhaut weit zurück und wusch ihn noch gründlich. Sie würde das so und so regelmäßig tun müssen, dachte sie bei sich. Der Penis war immer noch steinhart. Was tun? Sie stieg kurz aus dem Becken, füllte ein Glas mit eiskaltem Wasser. Auf die Bewegungen achten. Sie kniete anmutig vor ihm, dann begann sie das kalte Wasser in kleinen Schlucken über seinen Penis zu träufeln. Schließlich wirkte es. Rasch steckte sie den Käfig wieder in den Ring und schloss ihn ab. Zweimal durchatmen. Sie nahm den Schlüssel und hängte ihn sich wieder um den Hals. „Danke Herrin", kam es demütig von ihm. „Sein Trip", sagte sie sich zum gefühlt hundertsten Mal vor.

„Mach hier alles fertig, wenn du so weit bist. Wenn du möchtest, darfst du dich dann noch bei mir bedanken kommen." Mit diesen Worten stieg sie aus dem Pool, trocknete sich sorgfältig ab, hüllte sich wieder in den Bademantel. „Ja Herrin, ich werde zur Stelle sein." Sie drehte sich nicht um und verließ das Bad. Erst draußen auf dem Gang gestattete sie sich, ein paarmal tief durchzuatmen.

Eine Viertelstunde später, sie lag nackt und lang ausgestreckt auf dem Bett, kam er ins Schlafzimmer. „Herrin, ich stehe zu deiner Verfügung." „Bring das Seidentuch, es liegt da drüben." Er kam mit dem Tuch. „Umdrehen, Hände auf den Rücken." Sie band ihm die Handgelenke locker zusammen. Sie machte die Beine breit. Er verstand, bald lag er bäuchlings zwischen ihren Beinen und leckte sie hingebungsvoll. Niemand konnte das mit der Zunge so wie Paul, dachte sie, während sie sich öffnete und sich von der Serie kleinerer und größerer Orgasmen überrollen ließ, die er ihr bereitete.

Der sechste Kreis: Akzeptanz

Sechs Uhr morgen, ein Samstag. Paul war bereits die Viertelstunde zu dem Parkplatz an jener großen Wiese gefahren, an dem der Anstieg zu einem der bekannteren Wiener Hausberge führte. Doch nicht der Gipfel war sein Ziel, sondern der klassizistische Tempel, der ohne erkennbaren Zweck auf einem der Vorgipfel stand und von dem aus man einen herrlichen Rundblick über das Wiener Becken bis hin zum Leithagebirge hatte. Er nahm die Nordic Walking-Stöcke, steckte noch eine Flasche von dem fertigen Apfelsaft-Sodawasser-Gemisch ein, das in der Gegend unausrottbar als „Obi g'spritzt" bezeichnet wurde. Zeit, den Kopf auszulüften und zu bilanzieren.

Mit dem Entzug kam er mittlerweile ganz gut zurecht. Er hatte es seit seiner Pubertät für ein Grundrecht und eine unabänderliche Notwendigkeit gehalten, dreimal die Woche abzuspritzen, zunächst meist allein, doch mit zunehmender Reife vorzugsweise in Vagina oder Mund einer Frau. Es war eine neue, aber nicht verstörende Erfahrung für ihn, dass man es schaffte, dieses Bedürfnis auszublenden, zunächst mental und nach ein, zwei Wochen auch körperlich. Er begann zu begreifen, dass die Frage, wie katholische Geistliche das nur aushielten, ein Leben lang zölibatär zu leben, nicht immer mit „tun sie ja ohnehin nicht" zu beantworten war.

Als er schließlich bei dem Bauwerk angekommen war, überlegte er, wie er den weiteren Tag verbringen wollte. Ein Plan war rasch gefasst, doch dazu würde er ihre Zustimmung und Mithilfe brauchen. „Ich bitte dich, mich noch heute vormittag zu empfangen. Ich werde gegen 9 Uhr zurück sein." Er steckte das Mobiltelefon wieder ein, sie würde jetzt noch nicht wach sein. Er genoss noch eine Weile den Ausblick, leerte die mitgebrachte Flasche schluckweise. Dann machte er sich an den Abstieg, er entschied sich für die direkte, steile Route, mit den Stöcken war sie gut machbar.

*

Um 9:30 klopfte er frisch geduscht im Morgenmantel an ihre Schlafzimmertüre. Sie musste gespürt haben, dass etwas anders war, denn sie war angezogen und stand am Fenster. „Guten Morgen erst mal. Ich habe eine Bitte. Ich würde den restlichen heutigen Tag gern in der Sauna verbringen. Könntest du mir bitte Dispens vom Käfig gewähren, Anja?" Aha, kein Herrin. „Guten Morgen, Paul." Sie sah ihn eine Weile prüfend an. Wenn er Hintergedanken hatte, verbarg er sie jedenfalls geschickt. Aber war das nicht eigentlich gleichgültig? „Bist du dir sicher, dass du nicht vergessen hast, meinen Ring mitzubringen?" Er lächelte dünn. „Ja, ich bin mir sicher." Er wartete eine Weile, bevor er das Wort aussprach. „Herrin." Sie verlor keine weiteren Worte, es war alles gesagt. Sein Trip. Sie nahm den Schlüssel vom Hals und schloss den Käfig auf. „Einen schönen Tag dir, Paul. Ich nehme an, waschen und rasieren erledigst du gleich mit." „Ja danke, Anja." Er verließ ohne weitere Worte ihr Zimmer.

*

Der Tag in der Sauna verlief angenehm entspannt und ereignislos. Er hatte mit Vorbedacht die Herrensauna des großen Thermalbades am südlichen Rand der Stadt ausgewählt, hier war es ruhig, auch wenn der Rest des Bades vom Lärm der großen und kleinen Gäste erfüllt war. Es wäre einfach gewesen, ein wenig zu schwindeln oder gar eine Frau aufzusuchen. Aber wozu sollte er das tun? Er hatte sich entschieden, ihr die Kontrolle anzuvertrauen, er konnte das jederzeit mit Anstand beenden, es war ein großes Stück weit sein eigener Antrieb, weiter zu tun. Und die Neugier, welchen Ausweg sie finden würde. Natürlich dachte auch er daran, dass die Konzertreise immer näher rückte. Aber gleichzeitig konnte er sich nicht vorstellen, dass sie die Sache nicht vorher auflösen würde, da sprachen schon einige praktische Gründe dafür.

*

Als Paul gegen 17 Uhr nach Hause kam, war Anja nicht da. In seinem Zimmer fand er eine Notiz von ihr.

Liebling, es wird sehr spät heute. Wende dich bitte an das Hausmädchen.

In Liebe, Anja / Herrin

Uff. Sie schaffte es immer wieder, dem Spiel eine neue Wendung zu geben. Einerseits fand er das ja spannend, doch andererseits, ging das nicht ein bisschen zu weit? Er dachte eine Weile darüber nach. Was würde das für das Mädchen bedeuten? Konnte Anja das wirklich aufgetragen haben, ohne das mit ihr genau abgesprochen zu haben? Was hatte sie vor? Dass sie „Herrin" dazugeschrieben hatte, war für ihn ein Signal. Es war der weitere Weg.

Er ging hinüber in die Küche. „Sie haben einen Auftrag von meiner Gattin zu erledigen? Ich bitte Sie jetzt darum." Er hatte eine Weile herumüberlegt, er fand die Worte nicht so schlecht. Sie blickte auf. „Gehen Sie bitte in Ihr Zimmer und warten Sie unbekleidet auf mich. Ich bin gleich so weit."

Er legte sich nackt auf sein Bett. Mittlerweile hatte er eine gewisse mentale Kontrolle über seine Erektion. Diese Blamage wollte er vor dem Mädchen tunlichst vermeiden. Eigentlich seltsam, dachte er. Manchmal ist es dir peinlich, keinen Steifen zu bekommen, und manchmal, in doch zu bekommen. Er dachte an einen Gummibaum. Es schien zu funktionieren.

Das Mädchen betrat das Zimmer, den Käfig in der Hand. „Wenn Sie bitte weder mich noch sich selbst berühren würden, das wäre für uns beide einfacher." Er verstand die junge Frau, sie war in das sexuelle Leben des Ehepaars nicht involviert und hatte auch kein Interesse daran. Er verschränkte also seine Hände hinter dem Kopf und ließ sie ungehindert arbeiten. Nach nicht einmal einer Minute war die Sache erledigt. „Danke", sagte sie beim Hinausgehen mit einem scheuen Lächeln. Das bezog sich wohl darauf, ihre Grenzen respektiert zu haben.

*

Anja ging die engen Stufen der Hintertreppe eines heruntergekommenen Zinshauses in einem der westlichen Wiener Außenbezirke hinauf. Die Flure waren erfüllt von einer Mischung undefinierbarer Gerüche. Im zweiten Stock läutete sie an einer der Türen. Es summte, sie trat ein. „Anja", sagte sie zu dem indischen Mädchen, das an der Rezeption saß. „Ah, das Feuer-Ritual. Bleiben Sie dabei, oder lieber etwas anderes?" – „Nein danke, ich bleibe dabei." – „Dann unterschreiben Sie bitte hier. Kreuzen Sie zuvor bitte soft, medium oder hart an." Konsumentenschutzrecht, wen interessierte das. Sie machte ihr Kreuz bei hart und unterschrieb.

Feuer, das war, was sie jetzt wollte. Ein Ritual, entworfen nicht zum Abbau sexueller Spannung wie Erde, sondern zum Aufbau sexueller Energie. Luft und Wasser dienten noch spezielleren Bedürfnissen. Sie war frisch geduscht, legte in der Garderobe ihre Kleidung ab und wickelte sich in den Sari, der bereit lag, und ging dann in den Behandlungsraum weiter. Sie stellte sich vor die Massageliege und wartete. Bald darauf kam die junge Frau herein. „Naina", stellte sie sich vor und machte die Geste des Namasté. „Anja", sagte Anja und erwiderte den Gruß.

„Du bist mit dem Ritual vertraut?", fragte Naina. „Ja, ich bin vertraut." „Mit deiner Zustimmung", fuhr das Mädchen fort und schickte sich an, Anja den Sari abzunehmen. Anja nickte und legte sich bäuchlings auf die frisch bezogene Massageliege. „Ich bitte dich, mich während der Zeremonie nicht absichtlich zu berühren", sagte Naina noch. Dann legte auch sie ihren Sari ab, auch sie war darunter nackt, doch es lag darin nichts Sexuelles. Sie begann Anja kraftvoll zu massieren. Anja versenkte sich in eine schlafähnliche Meditation. Nach einer halben Stunde wurde sie gebeten, sich umzudrehen, Naina setze die Massage fort. Schließlich war sie am Ende angelangt, Anja setzte sich vorsichtig auf und nahm dankbar den Becher Wasser.

Das Mädchen verschwand eine Weile, dann kehrte sie wieder. „Bist du bereit für das Feuer-Ritual?" „Ja, ich bin es." Ein Junge stand hinter ihr, mit einer Wasserpfeife in Händen. „Möchtest du?" Anja nickte, der Junge reichte ihr das Mundstück, sie nahm ein paar Züge. Nicht zu viel. „Danke", sagte sie, der Junge verschwand wieder. „Möchtest du eine Silikonhose? Du weißt, bei Feuer werde ich deinen Genitalbereich so und so nicht berühren." – „Nein danke", sagte Anja. Was auf sie zukam, war schon so Schwitzerei genug. „Dann lege dich jetzt bitte hin." Anja legte sich gehorsam auf den Rücken, ließ zu, dass ihre Handgelenke und ihre Knöchel fixiert wurden. An der Decke zog sich ein Vorhang zurück, der einen großen Deckenspiegel frei gab. Naina verdunkelte den Raum, nur Anjas Körper war gleichmäßig von einer nicht ausnehmbaren Lichtquelle beleuchtet. Naina drückte Anja noch je einen Gebissschutz aus weichem Latex auf Ober- und Unterkiefer, legte ihr ein Kissen unter den Kopf und je eines unter die Knie. „Kannst du frei atmen und schlucken?". Anja versuchte es, es funktionierte. Zuletzt gab Naina ihr einen Taster in die Hand. „Lass das Ding fallen oder drücke den Knopf, wenn es dir zu viel wird. Notfalls sag „rot". Hast du das verstanden?" Anja nickte. Leise Musik durchdrang den Raum.

Manche sagten, dass Erlebnisse intensiver wurden, wenn man nicht sehen konnte, was auf einen zukam. Anja fand das nicht, nichts konnte den Kick schlagen, etwas auf sich zukommen zu sehen und nichts, aber auch absolut nichts dagegen tun zu können. Das Mädchen war eine Meisterin ihres Faches. Anja sah sich selbst fasziniert zu, wie sich ihr Körper schwitzend und keuchend im Lustschmerz wand, aus dem es keine Befriedigung geben würde.

Das Ritual hatte kein definiertes Ende, keine Kulmination. Das Mädchen reduzierte einfach die Intensität und hörte dann ganz auf. Zum Schluss lag nur mehr die Hand Nainas auf Anjas Bauch. „Ruhig und tief atmen." Es war ganz still im Raum, Anja glaubte ihr Herz schlagen und ihr Blut fließen zu hören. Gedämpftes Licht ging nach und nach an, Naina nahm Anja den Gebissschutz aus dem Mund, löste ihr die Fesseln und wartete. „Vorsichtig beim Aufstehen", sagte sie, als sie Anja aufhalf. Etwas wackelig noch, aber es ging. Ein Becher lauwarmer

Tee, Anja trank gierig. Naina stellte sich vor sie, doch es war an Anja, das Ritual mit einer Geste der Höflichkeit zu beenden. „Danke, Naina, Meisterin von Lust und Schmerz", sagte sie und wiederholte die Geste des Namasté. „Gerne, Anja, möge dein Tag mit Lust enden", antwortete das Mädchen und erwiderte den Gruß. Anja ging in die Dusche neben der Ankleide. Sie blickte in den Ganzkörperspiegel, der dort hing. Wie versprochen, hatte das Ritual keine sichtbaren Spuren an ihrem Körper hinterlassen. Sie drehte eine Dusche auf und ließ sich volle zwanzig Minuten lang das warme Wasser über Kopf und Körper rinnen.

*

Der zweite Teil des Abends verlief allerdings nicht ganz so, wie Anja sich das vorgestellt hatte. Als sie nach Hause kam, war Paul nicht da. Das Mädchen berichtete, dass sie ihm den Käfig angelegt hatte wie aufgetragen. Kurz darauf sei Herr Paul wieder weggefahren. „Danke", sagte Anja, „gut gemacht", und drückte ihr abwesend einen Geldschein in die Hand. Entgegen ihren sonstigen Angewohnheiten schickte sie Paul eine Nachricht. „Möchtest du heute abend noch zu mir kommen? Love, A."

Die Antwort ließ nicht lange auf sich warten. „Danke, aber nein danke. Dass ich dir vertraue, bedeutet nicht, dass ich das hier bin." Sie hätte das angehängte Video nicht öffnen brauchen, sie hätte es auch so erraten. Dresden Dolls, „Coin Operated Boy". Sie fragte sich, ob er gekommen wäre, wenn sie „Herrin" geschrieben hätte. Ach egal, so wusste sie wenigstens, wie es ihm ging.

„Fuck", sagte sie und ging mit einem großen Glas Whisky in ihr Zimmer. Ihr hing das alles schon zum Hals heraus. „Fuck". Sie leerte das Glas zur Hälfte, zog sich aus und schleuderte ihr Gewand achtlos zu Boden. „Fuck", sagte sie ein drittes Mal, als sie sich den riesigen genoppten Dildo tief zwischen die Beine rammte. Die Spucke half kaum, es schmerzte, doch sie stieß ein paarmal hart nach, griff mit den Fingern der anderen Hand grob zu. Sie brauchte nicht lange. Der Dildo flog in hohem Bogen gegen die Wand. Sie wartete, bis sie wieder ruhig atmete, zündete sich eine Zigarette an. „Fuck", sagte sie ein letztes Mal, als sie den Rest des Whiskys austrank, doch jetzt ging es ihr schon etwas besser.

Eine Stunde später war das Zimmer wieder tadellos aufgeräumt, sie war frisch geduscht und geföhnt, ihre Vagina mit reichlich Creme versorgt. Sie warf sich auf das Bett und war bald tief und fest eingeschlafen.

Der siebente Kreis: Mindfuck

„Noch eine Woche bis zur Konzertreise, und ich bin mit einer Lösung noch keinen Schritt weiter." Anja saß wieder einmal in Kais Wohnung. Kai war nirgendwo zu sehen, er unterrichtete wohl auswärts. „Ich kann nicht zwei Monate kaum daheim sein und ihn mit dem Käfig rumrennen lassen." „Nicht?", fragte Maja nach. „Mancher Ehefrau würde das nicht übel gefallen." Anja schaute skeptisch. „Lassen wir das mal dahingestellt. Aber viel wichtiger ist: das würde das praktische Problem aufwerfen, wer ihn laufend mit dem Ding betreut. Das ist ja auch eine hygienische Frage, nicht nur eine der Kontrolle und seiner Sicherheit. Und das Hausmädel kann ich nicht gut einteilen, die hat es letztes Mal schon abgebeutelt, wie ich sie gebeten habe."

Maja überlegte. Dann traf sie für sich eine Entscheidung. „Hör zu Anja." Sie schaute der jüngeren offen ins Gesicht, nahm sie an beiden Händen. „Sag bitte jetzt nichts, bevor ich fertig bin." Anja spürte die Aufrichtigkeit in Majas Worten. „Schieß los." Maja brauchte gute zwanzig Minuten, ihr die ganze Geschichte von vorne zu erzählen, was sie tat, wieso sie Paul kannte, wie sie mittlerweile zu der Sache stand. Und dass sie bereit sei, alles zu tun, um den beiden in der Situation zu helfen.

Anja schnappte erst mal nach Luft, als Maja geendet hatte. Das musste ausgerechnet ihr passieren, dass sie mit Pauls Puffmutter diskutierte, wie sie mit deren Hilfe den etwas entglittenen Selbstfindungstrip ihres Mannes retten konnte, während sie auf Konzerttournee fuhr. Sie ging zu Kais Bar, nahm zwei Tumbler und füllte sie großzügig mit einen erlesenen Single Malt. Sie reichte einen davon Maja. Die beiden Frauen nahmen schweigend einen großen Schluck. „Nun gut, wir brauchen eine Idee", sagten beide gleichzeitig.

Maja hatte zwar noch keine, aber sie improvisierte vor sich hin. Sie malten sich die verschiedensten Szenarien aus, Maja übertrieb ein bewusst ein bisschen, um Anja ein wenig von ihrer

Sorge abzulenken. Doch mit der Zeit begann ein Plan Gestalt anzunehmen. Bald kicherten die beiden wie Schulmädchen. Sie feilten noch eine Weile daran herum, ein zweiter Whisky spornte die Kreativität an, doch schließlich waren sie beide zufrieden. „Und das würdest du wirklich für Paul und mich tun, Maja?", fragte Anja ein wenig ängstlich. „Für jetzt muss dir ein einfaches ‚ja‘ genügen, Anja. Es ist jetzt nicht die Zeit, dir zu erzählen, wie ich Kai kennengelernt habe, das holen wir ein andermal nach. Aber ja, ich werde das tun, und komm mir nicht auf die Idee, mir dafür etwas anzubieten. Für Geld bin ich eine Hure, aber das ist ein Freundschaftsdienst." Jetzt war es Anja endgültig zu viel, sie brach hemmungslos in Tränen aus. Maja nahm sie einfach in den Arm und wartete. Es war für die stolze junge Frau nicht einfach, sich einzugestehen, dass sie nicht alles allein konnte. Schließlich erfing sich Anja wieder, sie nahm dankbar das Taschentuch, das Maja ihr reichte, und löste sich dann ein wenig verlegen aus ihren Armen.

*

Als Paul Majas Nachricht las, war er von der Idee nicht begeistert. Er war eigentlich in seiner täglichen Routine angekommen, er hatte zwar keine Ahnung, was Anja vorhatte, aber die ständigen ergebnislosen sexuellen Reizungen ermüdeten ihn. Er kam ganz gut zurecht, solange er nicht ständig daran dachte, was er mittlerweile für die wesentliche Erfahrung hielt, die er in den letzten Wochen gemacht hatte. Erst nach einem langen Telefonat mit Maja stimmte er zu. Etwas in ihrer Stimme hatte ihn aufhorchen lassen, eine Dringlichkeit, die er von ihr, der Besonnenen, sonst nicht kannte. Übermorgen sollte also die Sache stattfinden. Er notierte jedenfalls die Zeit im gemeinsamen Kalender, mit einer phantasievollen Abkürzung. Es war zwar mittlerweile gleichgültig, ob Anja davon wusste, dachte er. Aber auf die Nase musste er es ihr ja auch nicht binden, wo er seinen Abend verbringen würde.

*

Anja wiederum war erleichtert, als sie den Kalendereintrag sah. Sie wusste zwar schon von Maja, dass er zugesagt hatte, aber es gab ihr zusätzliche Sicherheit, dass noch erledigt werden konnte, was zu erledigen war. Es war ihre größte Sorge gewesen, dass es Maja nicht hätte gelingen können, ihn zu überreden. Sie stürzte sich also weiter in die Vorbereitungen auf die Tournee, die auch immer näher rückte. Am Abend kam, wie sie erwartet hatte, die Bitte um Rasur. Es kam ihr jetzt zugute, dass sie schon seit einer Weile die Lust an der damit verbundenen Inszenierung verloren hatten. Sie befreite ihn, er wusch und rasierte sich in der Dusche, kehrte zu ihr zurück, sie verschloss ihn wieder. Es lag an diesem Abend eine gewisse Spannung zwischen ihnen, etwas Unausgesprochenes. Nun gut, dachte sie, das konnte gut daran liegen, dass ihm auch bewusst war, dass sie bald abreiste und da noch tausend Fragen offen waren. Er war natürlich zu stolz, sie darauf anzusprechen. Und natürlich hatte er immer den ultimativen Ausweg, die kleine Schraube. Wer wusste schon, wie Männer wirklich tickten? Damit wandte sie sich wieder ihrer umfangreichen Todo-Liste für die Reise zu.

*

Es war gegen 17 Uhr, als Paul in der kleinen Pension eintraf. Die Geschichte, die Maja ihm aufgetischt hatte, war die, dass ein paar der Frauen Wind davon bekommen hatten, warum er nicht mehr komme, und darum gebeten hatten, so einen Peniskäfig einmal im wirklichen Einsatz sehen zu dürfen. Dass das auf Kilometer gegen den Wind verdächtig roch, wusste sie selber, doch alles beruhte jetzt darauf, dass Paul nicht auf die Idee kommen würde, eine Verbindung zwischen ihr und Anja herzustellen. Maja hatte deswegen die Geschichte ein wenig gefärbt und ihn auf eine Überraschung eingestimmt, die für ihn vorbereitet sei. Was ja in gewisser Weise auch stimmte. Damit hatte sie ihn schließlich ködern können, und mit dem Trick, auf dem fixen Termin zu bestehen, weil alles schon darauf hin geplant sei. Was ja auch stimmte.

Maja führte ihn diesmal ganz hinauf, in ein riesiges Studio im Dachgeschoß, in dem zwei große Doppelbetten standen. Die Frauen warteten schon: Erika, die quirlige Mollige, Lydia, eine dunkelhaarige Mittvierzigerin, die sich mit dem Schreiben von Lyrik und Schundromanen befasste, soweit sie nicht von ihrer Nymphomanie abgelenkt war, und Tanja, das stille Hausmädchen. Alle waren noch manierlich angezogen, Maja servierte Sekt. Paul, der mit allen anwesenden Frauen schon geschlafen hatte, begann sich zu entspannen. Schließlich schafften es die drei, ihn doch dazu zu bringen, sich auszuziehen. Bequem auf dem Bett liegend, ließ er sich dann doch von der erotischen Stimmung anstecken. Nachdem die drei das Teil und seine Hoden ausgiebig befingert hatten, begann Erika zu reden: „Na wir werden uns ja jetzt eh öfter sehen in nächster Zeit." Sie griff sich auf den Mund: „Ups, das hätt ich jetzt nicht verraten sollen, oder?" Maja seufzte. „Wir hatten von ‚schonend vorbereiten' gesprochen, Erika. Was wäre dann deiner Meinung nach ‚direkt' gewesen?" Erika schaute schuldbewusst drein, Paul wurde heiß und kalt, als sie ihm mit beiläufigem Ton erklärte, dass sie und die Frauen sich während Anjas Abwesenheit um seine Hygiene kümmern würden. „Aber, wieso, ich dachte …" „… dass sie von uns nichts weiß?", fiel ihm Maja ins Wort. „Wie naiv kann man als Mann sein?" Paul verspürte heftige Schmerzen in seiner Genitalgegend. Der Gummibaum half nicht mehr, sein steifer Penis drückte unangenehm gegen den Käfig.

„Ich muss euch jetzt ein bisschen allein lassen. Stellt keinen Unfug an." Maja verließ den Raum. Kaum war sie weg, beugte sich Lydia über den Käfig, inspizierte ihn genauer. „Du Paul, das Schloss da, das ist aber jetzt kein wirkliches Hindernis. Sowas hab ich schon mit 15 problemlos geknackt, mein Opa war Schlosser, da hab ich so einiges gelernt." Damit begann sie ostentativ in ihrer Handtasche zu kramen, bald hatte sie irgend ein Werkzeug in der Hand und schickte sich an, damit auf das Schloss loszugehen. Pauls Schmerzen wurden stärker. Dass Erika begann, an seinen Nippeln zu spielen, machte die Sache auch nicht besser. Der Gedanke, dass er besser doch nicht hätte kommen sollen, wurde immer stärker von einer animalischen Empfindung zurückgedrängt, die ohne, dass er es gewollt hätte, immer mehr Besitz von ihm ergriff. Geilheit. Erinnerungen an frühere Begegnungen mit den dreien begannen seinen Verstand zu benebeln. Lydia werkte immer noch an dem Schloss herum, erst nach einer gefühlten Ewigkeit hatte sie es geschafft. Sie nahm ihm den Käfig ab, sein Penis stand augenblicklich hart ab. Lydia leckte sich die Lippen und machte eine Show daraus, sich langsam zu ihm hinunterzubeugen. Um Pauls Selbstkontrolle war es geschehen, er keuchte bereits vor Erregung.

„Du Lydia", verließ sich Maja plötzlich von der Tür her laut vernehmen. „Halt dich zurück. Wenn schon, dann ist das die Sache seiner Frau."

„Tschuldigung", sagte Lydia kleinlaut, richtete sich wieder auf und schüttelte ihr Haar zurecht. Doch alle Augen waren plötzlich auf die Türe gerichtet. Anja stand da, in perfektem Milch- und Honig-Styling, in einer langen weißen Robe. An ihrer Seite Kai. Sie zogen in den Raum ein wie Oberon und Titania. Anja weidete sich eine kleine Weile an Pauls schreckgeweiteten Augen. „Das glaube ich allerdings auch", sagte sie dann mit klarer, sicherer Stimme. „Und Zeit wird es, das Vertrauen einzulösen, das der tapfere Paul mir gegenüber gezeigt hat." Ein Handgriff von Kai, und ihr Kleid glitt zu Boden, sie stand in weißen Strümpfen und weißem Strumpfbandgürtel da wie eine Braut vor der Hochzeitsnacht. Sie nahm die Halskette ab, an der der Schlüssel baumelte. „Den brauche ich ja wohl nicht mehr, danke Lydia." Sie reichte die Kette an Maja weiter, die hinter ihr stand. Mit perfekten Bewegungen kniete sie sich auf das Bett und begann Paul unendlich langsam und zärtlich zu blasen. Bald waren die beiden in einem langsamen, zärtlichen 69-Liebesspiel gefangen und nahmen ganz offensichtlich ihre Umgebung nicht mehr wahr.

Maja blickte lächelnd zu Kai. „Und du", fragte sie und deutete mit verschwenderischer Geste auf die drei Frauen. Er ließ den Blick von einer zur anderen schweifen, doch dann wandte er sich Maja zu. „Darf ich die Dame des Hauses bitten?" Ein galanter Handkuss begleitete die Frage. „Von Herzen gern, alter Freund und Wegbegleiter", antwortete sie und knickste wie ein junges Mädchen, während die anderen drei mit gespieltem Schmollen den Raum verließen.

Für die vier verbliebenen wurde es noch eine lange Nacht. Nachdem der erste Druck abgebaut war, gab es eine Menge zu bereden.

Epilog

Am Abend vor Anjas Abflug saß sie mit Paul in der behaglichen Küche des Hauses. Die indischen Curries vom Lieferdienst waren verzehrt, die Stimmung war vom Alkohol schon gelöst, Anja holte noch rasch die Blechschachtel und zündete ihnen beiden die letzte von den speziellen Filterlosen an. Sie rauchten abwechselnd, fühlten die Anspannung der letzten Tage von sich abfallen. Paul hatte sich Urlaub genommen, sie waren gemeinsam stundenlang spazieren gegangen, hatten eine Sauna besucht, sich geliebt und: geredet, geredet, geredet. Doch nun schien alles gesagt. Und ihrer beider Sorge erwies sich als unbegründet: Das Eheband zwischen ihnen erwies sich als belastbar.

Das bedeutete nicht, dass sie einander fortan Monogamie oder Treue geschworen hätten. Das wäre ihnen beiden nach dem Erlebten lächerlich vorgekommen. Doch sie hatten einander wichtigeres versprochen, nämlich Achtsamkeit und Offenheit. Das bedeutete für sie nicht, jede flüchtige Begegnung, jeden Sex mit anderen zu erzählen: doch es bedeutete, sich der Verantwortung füreinander bewusst zu sein, nichts zu tun, was die eigene Rolle als Ehepartner beeinträchtigte und vor allem: ein offenes Herz für die Phantasien, Nöte und Anliegen des Anderen zu haben.

„Und wer wird dich jetzt nach dem Schlussapplaus vögeln?", fragte er in die gelöste Stimmung hinein. „Kai?" – „Ich weiß es nicht, Kai ist Geschichte. Aber du vielleicht? Teil es dir ein, wenn du kannst." – „Was ist mit Kai?" Und so erzählte sie ihm, was gestern vorgefallen war.

*

Am vorletzten Tag vor dem Abflug war sie zur Schlussbesprechung bei Kai. Er war bei der Arbeit kurz angebunden, nach einer halben Stunde brach er ab. „Anja, du bist perfekt vorbereitet, aber wir müssen reden. Ich werde dich nicht auf die Tournee begleiten."

Sie setzten sich auf das Sofa, auf dem sie schon so viele vertrauliche Gespräche geführt hatten. „Anja, der Weg, den wir beide miteinander gegangen sind, ist zu Ende. Du bist jetzt endlich in deiner Ehe angekommen, ich stehe da nur mehr im Weg. Was ich deiner Mutter versprochen habe, habe ich erfüllt, und der letzte Teil des Versprechens war es, dich gehen zu lassen, wenn es Zeit ist. Und es ist jetzt Zeit." Anja verstand. Sie hatte diesen Gedanken auch schon gehabt, ihn aber weggeschoben, weil sie sich mit den Implikationen nicht hatte auseinandersetzen wollen. „Aber künstlerisch? Wer führt mich weiter, wenn nicht du?" Er antwortete lange nicht. „Anja, sei nicht kindisch. Du weißt, dass wir das nicht trennen können. Ich arbeite mit dir ohne jede Distanz, wie sollte das gehen?"

Anja kämpfte mit den Tränen, doch gleichzeitig wusste sie, dass er recht hatte. „Aber die Tournee". Kai antwortete nicht, sondern klatschte in die Hände. Eine zierliche Japanerin, vermutlich in Anjas Alter, kam aus dem Nebenzimmer, verbeugte sich tief vor Anja. „Das ist Amaya. Auch sie war meine Schülerin. Ich denke, ihr braucht beide keinen Lehrer mehr, wenn ihr einander gegenseitig unterstützt. Amaya würde sich bereit erklären, dich statt meiner auf die Tournee zu begleiten."

Die beiden Frauen sahen einander in die Augen. Sie schienen keine Worte zu brauchen, da war Wärme, Sympathie, gegenseitiges Verstehen. Sie gingen gemeinsam zum Klavier. Nach einer halben Stunde war es bereits so, als ob sie Jahre zusammengearbeitet hätten.

Kai verließ grußlos seine Wohnung. Es war das letzte Mal, dass Anja hierher kam, und das vorletzte Mal, dass sie Kai sah.

*

Anja hatte geendet. „Danke Anja, dass du mir diese Sorge noch genommen hast." Sie lächelte. „Wir haben noch ein paar Dinge zu erledigen. Ich bin gleich wieder da, holst du bitte meinen Ehering?"

Als Erstes legte sie den Peniskäfig auf den Tisch, nahm die Abdeckung ab, die sie ihm gezeigt hatte, setzte einen kleinen Inbusschlüssel an und drehte, bis die Sollbruchstelle mit einem „Klack" brach. „Damit du nicht rückfällig wirst, mein Lieber", lächelte sie. Bevor er antworten konnte, fuhr sie fort: „Meinen Ring bitte." Zu ihrem Erstaunen reichte er ihn ihr nicht einfach, sondern steckte ihn an ihre rechte Hand. Sie nahm seinen und tat es ihm gleich. „Bis dass der Tod uns scheidet", sagte er, und sie sprach ihm nach.

Der Augenblick verging. Doch plötzlich kippte die Stimmung. Anja stand auf, nahm Paul an der Hand und zog ihn Richtung Schlafzimmer. „Und jetzt komm und vögel mir das Hirn raus, solange ich noch da bin." Was er dann auch tat, am nächsten Morgen saß sie reichlich übernächtig neben Amaya im Flugzeug nach Hamburg, wo die Tournee am selben Abend starten sollte.

*

Zwei Monate später. Die Tournee war gespielt, Anja war zurück und hatte endlich Zeit, den letzten Schritt auf ihrer Reise zu machen. Zu dritt standen sie am Grab von Anjas Mutter. „Doris Cosima W." stand auf dem grauen Stein in goldenen Lettern, den Jahreszahlen konnte man entnehmen, dass sie nur 41 Jahre alt geworden war. Ein Autounfall auf dem Weg heim von dem Nobelbordell in der Wiener Innenstadt, in dem sie bis zu ihrer letzten Stunde gearbeitet hatte.

Anja steckte den Blumenstrauß, den sie mitgebracht hatte, in die Vase auf dem Sockel des Grabsteines. Sie blieben noch eine Weile stehen, dann gingen sie zu einer Bank in Sichtweite des Grabes, die von der Nachmittagssonne mild beschienen wurde.

„Und wie hängt das jetzt alles zusammen? Was hattet ihr beiden mit meiner Mutter zu tun? Vor allem du, Maja? Und woher kanntet ihr beide euch?" Viel war in der Nacht von Pauls Befreiung klar geworden, doch ein paar Fragen waren geblieben. „Ach, so kompliziert ist das alles nicht. Ich habe als junge Frau einmal eine Weile in dem Nobelpuff gearbeitet, in dem auch Cosima war. Und diesem Burschen hier ist einer der ältesten Klassiker passiert: deine Mama hat ihn mal ins Lokal geschummelt, ich habe ihn genommen, weil ich ihr einen Gefallen schuldig war, und: was soll ich dir sagen? Er hat sich beim ersten Mal in mich verliebt." „So wie du in mich", sagte Kai. „Wir verbrachten ein wildes halbes Jahr miteinander, aber auf Dauer konnte das nicht funktionieren. Ich hatte eben meinen Beruf, und wie Kai den seinen versteht, das hast du ja ein paar Jahre später dann selbst hautnah erlebt." Maja schwieg eine Weile. „Dass du Cosimas Tochter bist, hat mir Kai dann erzählt, nachdem wir beide das erste Mal gesprochen hatten."

„Und wie bist du dann zu der schnuckeligen Pension gekommen, Maja?" „Ach das, das war ein anderer Kunde von mir. Er war schon über 80, als er das letzte Mal bei mir war. Ich mochte ihn, aber die Art, wie ich mich um ihn annahm, war schon sehr speziell. Er vererbte mir dann das Haus, es war anscheinend nur ein kleiner Teil seines Vermögens."

„Was war Mama eigentlich für ein Mensch", fragte Anja schließlich noch. „Ich habe sie immer als sehr hart erlebt, sowohl zu mir als auch zu sich selbst. Und was sie mit Kai bezüglich mir vereinbarte, das kann man doch auch schwer als konventionelle Mutterliebe erleben." „Ach", seufzte Maja, „du stellst Fragen, Kind." Sie schwieg eine Weile. „Sie liebte dich jedenfalls abgöttisch. Sie lebte halt in einer Welt, in der eine Frau nichts anderes zu bieten hatte als ihren Körper. Auch wenn sie sehr darauf achtete, dir eine solide Ausbildung zu ermöglichen: Das war, was sie dachte, dir mitgeben zu müssen. Und sie musste dich allein durchbringen. Urteile nicht zu hart über sie."

„Zeit für mich, dir adieu zu sagen, Anja, jetzt endgültig." Kai stand auf, verneigte sich und ging davon. Anja wollte auf und ihm nach, doch Maja hielt sie zurück. „Lass ihn, er schützt sich selbst. Soweit ich weiß, hatte er sonst zu keiner Schülerin so eine intensive Beziehung wie zu dir. Vielleicht bist du die einzige Frau, die er jemals wirklich liebte." Anja seufzte, eine Mischung aus Erleichterung und Wehmut. „Eine letzte Frage noch Maja. Weißt du auch etwas über meinen Vater?" Maja blickte lange nachdenklich in die Abendsonne. Soweit Cosima erzählt hatte, wusste sie das selber nicht, es war eine Berufspanne. Sollte sie das Anja sagen? „Nein", sagte sie schließlich, „das hat sie mit mir nie gesprochen."

Von Clifford Chatterley bisher erschienen:

Clifford Chatterley, 90 Tage Cuckold. Das Tagebuch eines fast keusch Gehaltenen.

BoD 2019, ISBN 9783741272608

Clifford Chatterley, Virtuelle Begegnungen. 6 Erotische Kurz-geschichten.

BoD 2020, ISBN 9783751933667 (Taschenbuch)

BoD 2020, ISBN 9783750415836 (E-Book)